げんげの花の詩人、菅原克己

金井雄二

げんげの花の詩人、菅原克己＊目次

凡例

一、菅原克己の詩の引用に当たっては、すべて初版本に拠ったが、随時『菅原克己全詩集』（二〇〇三年三月、西田書店）を参考にした。また、旧字は新字に改めた。

二、巻末の年譜は『定本菅原克己詩集』（一九七九年十月、永井出版企画）、『菅原克己全詩集』（二〇〇三年三月、西田書店）を基に、新たに編纂した。

三、サークルPの表記は、基本的に年譜で採用している「サークルＰ」とし、詩誌だけを指す場合は「Ｐ」とすることとした。

四、引用において、現在では不適切である語句もみられるが、菅原克己の真意を理解するための使用であり、原文のままとした。

げんげの花の詩人、菅原克己

川原の土手で――菅原克己さんへ

金井　雄二

どこから見ても
ふつうのおじさんが
川原の土手を
静かに歩いている
肋膜炎を患ったため
ぺちゃんこな胸だ
だが、書かれた言葉は
人を幸福にした

おじさんはむかし
警察につれていかれて
ひどく殴られた

留置所にも入れられた
正しいと思ったことをいっただけでも
捕まってしまう時代だった
そんなときでも
やさしい言葉を手離さなかった

おじさんは
小さな弱い者たちと
大きな机が好きだった
朝の光と
夏
ささいなことを信じていた
そして小さな言葉たちを集めて
大きな幸せのカタマリをつくった

ゆらゆらゆれている
げんげの花といっしょに

ぼくの最初の詩集を
おじさんにそっと手渡したかったのだけど

ぼくは川原の土手を
静かに歩いている
まだ会ったことのない
その詩人に
会えるんじゃないかとおもって

I 『菅原克己詩集』との出合い

もうかれこれ四十年以上も前のこと、二年間毎日、ぼくは相模原の自宅から桜木町まで通い、勾配のきつい紅葉坂をのぼって神奈川県立図書館まで仕事に通っていた。

座間市という小さな市の、まだ若い図書館職員はひょんなことから二年間の県立図書館勤務を命ぜられたのだ。少しおおげさにいえば、ぼくの詩はそこからはじまった。

現代詩関係の本が特別豊富にそろえられていたわけでもなかったのだが、薄暗くて少し黴くさい書庫は、いつも輝いていた。図書館の仕事は暇でもなんでもなく、目のまわるような忙しさだったのだが、昼休みや仕事が引けたあとに猛烈に詩を読んだ。活字が眼のなかに飛び込んでくるという感覚を味わった。

振り返ってみれば、自分の日記にポツポツと詩らしきものは書いていたし、言葉への興味はすでにありあまるほどだったのだから、詩に向かうということは当然の結果だったかもしれない。だからといってきっかけがなかったわけではない。それはたぶん、当時の県立図書館職員で、司書の市川雄基さんのおかげである。

　当人はどう思われているかわからないが、市川さんからは少なからず詩を教わった。何がもとで、詩の話になったのかさだかではないが、市川さんがむかし詩を書いていたことを知り、ぼくが詩を書きはじめたことを話した。市川さんは本当に下手なぼくの詩を読んでいろいろいってくれたし、ぼくはセンスのいい先輩の詩を読んでとても感動したのだった。

　そして、市川さんは、「この詩人は本物の詩人だから、ゆっくり読んでみるといいよ。きっと金井さんに合うはずだよ」といって、一冊の詩集を手渡してくれた。思潮社の現代詩文庫、『菅原克己詩集』だった。これがぼくと菅原克己の最初の出会いである。


　誰かから、好きな詩人は？　と問われれば、ぼくは菅原克己と答えるだろう。現代詩文庫をいただいたことがきっかけで、菅原克己の詩や散文をむさぼるように読んだ。一言でいえば、実直でやさしくて、そして強い詩だ。生活の一部分を平明な言葉で書き、言葉は深く心にしみこみ、忘れがたいものになる菅原克己の詩は、人間の本質をしっかりと表している。

　神奈川県立図書館を離れ、座間市立図書館に戻って勤務するようになった後も、「詩」を含むすべてのことがらに興味をもった。現代詩文庫百冊（第一期）の読破はもちろんのこと、音楽や美術や映画などだ。小説では阿部昭の作品に傾倒した。だが、今思い返してみても、県立図書館での二年間という時代は、ぼくにとって、詩の発見の年だったに違いない。そして、菅原克己の詩との出合いの年だったのだ。あのときほど一時期に集中して詩を読んだことは今もってないと思う。

県立図書館の市川さんは、その後副館長まで昇進し退職。嘱託なども経験しながら歴史関係の文章を書いたりしているということだ。詩からは遠くなったが、自己表現を現在も続けているらしい。いまでも時々、手紙などをいただく。

野毛小路の飲み屋で二人で酒を飲み、酒に弱いぼくは帰りの電車を降りたあと、よく吐いてしまった。そのとき、朦朧とした意識のなかで「詩ってなんだろう」「菅原克己の詩は、なぜあんなにやさしいのだろう」と考えた。

あの頃から現在にいたるまで、毎日、詩のことを考え続けてきた。その結果なのか、数冊の詩集をだすことができた。そして、ふと振り返ったとき、県立図書館時代と市川さんのこと、そして『菅原克己詩集』を思いだすのだから不思議なものだ。たぶんぼくは、あの頃とあまり変わってはいない。

実際の菅原克己さんにお会いしたことはない。中野の日本文学学校の詩の先生だったことは知っていて、そこに行こうかと思ったが、遠いので行かなかった。第一詩集がでたらば、それを持ってお会いし、手渡ししようと決めていたのだが、果たせなかった。

菅原克己さんは一九八八年の三月三十一日に亡くなられた。ぼくの詩集は一九九三年にやっと世にでたのだった。

Ⅱ　菅原克己をめぐって

一　生きた時代と詩の理想

戦前、戦中、戦後を、自分というものを見失わずに、詩をいつも身近におきながら生き抜いた詩人、菅原克己。詩が好きな人は、まず、菅原克己の詩を読んでほしい。

詩の中に含まれているやさしさ、誠実さ、強さ、イメージの膨らみに触れることは、何の予備知識を持っていなくても大丈夫だ。言葉の意味を噛みしめ、詩の素晴らしさを味わってみよう。

しかし、なおいっそう深く読むためには、この詩人が生きた時代を検証することが必要となるだろう。また、人間としての価値評価を抜きにして、詩を吟味することは考えられない。それだけ、人間性と、書かれた詩とが密着している詩人でもある。ここでは若き日の菅原が生きた時代をみつめ、求めてきた詩の理想がどんなものであったのかを考えていきたい。単行詩集は全部で八冊、エッセイ集、全詩集もあり、多くのアンソロジーにも載っている詩人である。

菅原克己は、明治四十四（一九一一）年一月二十二日に宮城県の亘理（わたり）郡亘理町に、父新兵衛、母きんの第四子として生まれた。父新兵衛は学校長、母きんは絵や芝居、音楽を好んだという。菅原の詩に対する資質は、厳格な教育者である父方からか、または母親譲りのものであったろうか。長姉のたかは、のち詩人となり菅原に影響を与えている。

女学校長であった父親の新兵衛は校長室で急死。そのため家族は震災後の東京へ移転するが、克己だけは中学校通学のため仙台の叔父の家に残された。のちに一人の寂しさに耐えられずに上京することとなる。そのとき、菅原克己は十三歳である。大正十三年、一九二四年のことだ。時代的には原敬の内閣が成立、シベリア出兵（一九一八年）、革新勢力の成長と官憲の弾圧がはじまってくる。日本共産党が結成されたのは一九二二年（非合法）である。ちなみに関東大震災は一九二三年である。

世の中は世界的大恐慌におちいり、日本は治安維持法（一九二五年）の交付にはじまり、全体主義、軍部勢力が増大していく傾向にあった。暗い雲が立ち込めてきている時代といえる。思想的にはマルクス主義が台頭し、『共産党宣言』なども出版されたが、発禁となっている。軍部拡大の裏側で、正当な考え方を持った人たちは、軍国主義一辺倒となっていくその考えに危機感を持ち、共産主義的傾向が重要な思想となって動いていた。国はその弾圧に躍起になってきた。その影響は文学にも及んでいる。

昭和二（一九二七）年菅原克己、十六歳。豊島師範学校に入学。この年の秋に、神田の古本屋で室生犀星の『愛の詩集』を見つける。室生犀星の詩「はる」のなかにでてくる「おれ」という表現に言葉の自由を感じるのである。詩の萌芽というべきできごとであろう。また、姉、たかが詩を書いていた影響もあり、少しずつ詩を書きためていくのである。

菅原自身は師範学校に通うにつれて多くの友人もでき、そこから左翼的な勉強を行うということをしていた。そして師範学校に対しての反対運動をおこして退学の処分にあう。

のちに菅原自身が『遠い城』（一九九三年　西田書店）の「詩と現実の間」で回想しているが、左翼のことを勉強しながら、その一方で、新感覚派の横光利一なぞを読みふけり、浅草でエノケンをみて興じるということになんの矛盾も感じていなかったのである。これは一重に、菅原の楽観的な性格のせいである。そしてなによりも、さまざまな事象に関心を寄せていく、若さがみなぎっている証拠でもあっただろう。

師範学校を退学させられたときにも、母に迷惑を掛けたという気持ちはあるにせよ、菅原は逆にせいせいするような気持ちだったようだ。

師範学校とは教師を養成する学校で、当時は学費もかからず将来を約束されていたところであるから、そこを「退学」させられたということは、非常に世間体の悪いことであったのは想像に難くない。昭和六（一九三一）年菅原は次に職工の道を考えたみたいだが、母親の願いもあって、「日本美術学校」という私立の学校に入学する。マヤコフスキー（1893-1930ロシアの詩人）も革命運動後、捕らえられた後に美術学校に学んだことがあるということで、かの大詩人と同じ道に進んだということを喜んだ。

菅原はこの日本美術学校に通った一年、かなり精神的にもゆとりをもったみたいだ。また、長谷川七郎という詩友を得たのも大きかったのかもしれない。菅原のなかに詩がもどってきた。左翼的活動は継続しており、師範学校時代の親友、小森武の縁で、組合の印刷物を頼まれたりする。ここで、初めて、プリンターとしての仕事をする。

昭和七（一九三二）年二十一歳の時には、三年前に患った肋膜炎の影響もあり、胸、腎臓、膀胱が結核に侵される。当時、結核は不治の病ともいわれ、治すのが難しい病気だった。肋膜炎とは結核の初期症状をいい、高熱、息苦しさ等の症状が続く。だがじきに治る人もいる。治療は、日光浴をするとか、空気の良いところで療養するしかなかったみたいだ。とにかく安静が一番であり、結果的には治っていく。菅原は小柄で痩せているイメージがあるが、もちろん、この肋膜炎や、後の胃の摘出などで痩せてしまったのであろうが、根は頑強だったのだと思う。若き菅原克己は、むしろ健康そうな青年だった。だから「赤旗」（共産党の機関紙）のプリンターも頼まれたのではないだろうか。肋膜炎を患っていた時期、とにかく体を治すことしかなかった。療養中、時間だけはたっぷりとあり、その多くを読書に費やし、また自らの詩作の余裕もあった。当然のこととして美術学校は除籍されることとなる。病を癒すために床に伏していた時期、菅原は本当に自由になり、詩を自分のものとして書くことができたのである。

昭和七年から、その後の日本の時代はというと、犬養毅が暗殺される五・一五事件があり、四年後、高橋是清が暗殺される二・二六事件。さらに四年後は国家総動員法が成立する。太平洋戦争開戦へ、不穏な空気が充満していた時代だ。左翼的思想、通称「アカ」と呼ばれる思想家をすべて弾圧しようとしていた時代であるから、その検挙のしかたも想像に難くない。

当時の共産党は非合法であり、地下での活動で合法的な労働団体等を別の面でささえていたと思われる。組織幹部は特高などからの弾圧をおそれ、また、党内に入り込んでくるスパイに気を配っていた。菅原はそういう時代に、陸海軍兵士に向けたパンフレットである「兵士の友」を印刷していた。昭和八（一九三三）年二十二歳のときである。そして、昭和九（一九三四）年には共産党の中央委員から直接「赤旗」のプリンターを依頼されるのである。

弾圧が厳しくなってきたこの状況下で、しかも党の中央委員から直々にプリンターの依頼を受けるなどということは、想像に絶するできごとである。逆にいえばそれだけ、党は逼迫していたのであり、より安全なところで、機関紙の発行を続けて行きたいということだったのだろう。つまり依頼された側はそれだけ、検挙されるリスクは高くなる。危ない身、どころか、当時は生死にかかわってくることもあり得るわけだ。仕事を受けた菅原はよほど度胸が据わっていたのか、あるいは無頓着な世間知らずの男だったのか、と思うばかりである。ぼくが考えるには、そのどちらも有していたのだと思う。そして何より、「どうにかなるさ」的な楽観的な性格、これはいい意味での楽観性で、つまり立ち向かっていけば必ず良い方向に道は開けるという考え方が菅原にはあったのではないだろうか。菅原の詩の根本を決定づける日向性は、このときにすでに身についていたと考える。そして、傍らにはいつも一つの心の支え、つまり詩が付き添っていたのだ。

昭和十（一九三五）年、菅原は二十四歳となる。「赤旗」のプリンターは昭和九年からはじまり十年の二月まで続いていたが、党中央部の袴田里見(通称おじさん)が検挙され、その妻や、一緒にプリンターをしていた活動家のちい公と、続けざまに検挙された。「赤旗」の印刷は続けられなくなってしまったのだった。その後、当然のことのように菅原自身も検挙される身となる。非合法組織のプリンターであったため、いくら病気の身でも許されることはなかったようだ。留置場では、殴られ、半地下室に入れられた。心臓脚気を引き起こし、死の恐怖を感じるようになる。のちに姉夫婦の嘆願書や医者の証言などのおかげで、起訴保留で釈放、監視付きだが自由の身となるのである。

時代はその後、太平洋戦争へと突入していくわけだが、この時期、詩壇の動きも活発であった。一九二〇年代の詩壇の状況といえば、北原白秋や、三木露風などはまだまだ健在だった。福田正夫、富田砕花、白鳥省吾などの民衆詩派と呼ばれる詩人たちが詩誌『民衆』を創刊したのが大正七（一九一八）年だ。大正デモクラシーの気運にのり、民衆詩は一気に広まった。だが、大正時代後期から北原白秋や日夏耿之介などから、民衆詩は散文的だとの批判を受けるようになる。そして、民衆詩派の影響が薄らいでくるのとは別に、プロレタリア文学の芽生えがあった。また、アンドレ・ブルトンの『シュルレアリスム宣言』が発表されたのが、大正十三（一九二四）年で、この芸術思想はそれまでの芸術の考えを一変させた。その後も、モダニズムの台頭があり、竹中郁や、西脇順三郎などの詩人の登場がある。

さて、ここまで時代の状況をみすえて、「赤旗」のプリンターとして活動し、検挙されるまでの時代をみてきた。だが、菅原克己の心のなかはどうだったのであろうか？　ぼくは昭和三十四年の生まれであるから、もちろん戦争時代は知らない。歴史を学ぶなかで、その雰囲気は重苦しく、息もつく暇がない窮屈な生活を強いられてきたのではないかと感じているのは確かである。だが果たして、それは本当だろうか。既成概念だけで考えていいのだろうか、とも思っている。つまり、菅原は重苦しい気持ちを背負って、詩を書いていたのだろうか。ぼくにはどうもそのようには思えない。たとえ、通念的に考えられる戦争時代、つまり暗雲たちこめる、危機的な状況であったにせよ、室生犀星の「はる」という詩に感動し、詩という文学に目覚め、詩の理想を追い求め、詩人でありたいと願った青年には、時代や詩壇の変化はまるっきり関係がなかったのではないかと考えた。そこには、ひとつの詩人に対するイメージというものがあったからであろう。

菅原は一般的なくくりを考えれば、現代詩人だが、第一詩集『手』が戦後六年目の昭和二十六年の発行であることからみても、戦中から戦後への過渡期の詩人である。だが戦争詩を書かなかった。その理由は、詩人という存在に対する理想、あこがれがあったためではないだろうか？　菅原の心のなかの、詩人の理想とはどんなものだったのだろうか。初期の作品に「げんげの花について」という詩がある。引用する。

げんげの花について

夕ぐれの風が通りすぎると
げんげの花がゆれた。
げんげの花を摘んでいるお前に、
私が夜店に出るというと、
お前はひどくびっくりして立上ってしまった。
あどけない娘よ、
どうか驚かないでおくれ、
ほら、花がこぼれた、と
私は何気なく笑って見せたのだ。
その時、私は貧乏になっても、
詩人というものになるのだ、と
いばって言いたかったのだけれど、
お前には詩人の意味が分らぬらしかった。
――詩人とはどういう人のことでしょう。

倖せが何時も身に取りまいて来たお前には、
立派な詩人とは、
たとえばゲーテのような紳士を
きっと思い浮べるにちがいないので、
私はこぼれたげんげの花を
愛らしい額にかざしてやって、
私の無言の誓いにしただけだった。
——詩人とはどういう人のことでしょう。
遠い昔の、げんげの花のような子よ。
私はその後ほんとうに境遇が変ってしまった。
そうして、今はうらぶれて、
嘘やかけひきの中に身をおきながら、
お前のことを聞くたびに、
あの春の日のげんげの花の誓いを
何時もはかなく思い出すばかりなのさ。

菅原が「詩人」というものをどのようにとらえていたかは、この「げんげの花について」

を読んでみるとわかる。「詩人というものになるのだ」といいたかったが、それはいわなかった。詩人とはゲーテのような紳士をイメージするからだという。つまり、菅原のなかの詩人とは「ゲーテのような紳士」ではなかった、立派なものではないんだよ、ということになる。菅原の理想のひとつは、この慎ましやかな姿勢にある。

どの詩集を読んでも、戦争や政治に関して直截な言葉を投げつけてはいない。威勢のいいプロレタリア詩は書かなかった。いや、書こうとしたのだが、うまく書けなかった。実際、本当のところは、書いていたのだが、納得できるものは書けなかったのだ。むしろそれらの関心事や想いは、日々の生活のなかに埋まっていて、暮らしのなかの小さなできごとだったり、エピソードだったり、何気ない人物だけを書くことによって、自然に打ちだされていくものだよといっているようだ。したがって、言葉は常に平明になる。生活を歌うのに、気取った言葉は必要ない。むしろ、そういう深刻ぶったことが大嫌いだった。このような菅原の詩の書き方は、生活に結びついている。いや、そのいい方はむしろ逆で、生活に直結した事柄が詩となって表れてきたのだ。

菅原の詩に対する思いは、まずは自分に正直に書くこと。そこには傑作も駄作もない。いかに素直に、正直に自分をだすかが必要なことなのだ。言葉への信頼はむしろ、そこにしかない。ぼくがここで使う「素直」とか「正直」という言葉は、もちろん素朴であるとか、飾り気がないとか、または嘘偽りがないという単なる言葉の解釈だけではない。生活のなかの奢り、傲慢、怠惰、不誠実さ等を取り払ったところのまっさらな気持ちになること、表現上の問題だけではなく、詩の成り立ちにおける根本的な意識に虚偽がないこと、なのである。

文学という概念が、人間の真の姿を写しだすものだとするならば、常に自分に対して正直、そして素直でなくてはならない。初期の詩篇には、随所にまっすぐな目で物事を捉えようという気持ちが読み取れる。特に、「大切なもの」という詩にはそのままが書かれている。ぼくはこの詩を何度読み返しただろうか。引用してみよう。

大切なもの

そんなにはやく歩くと
きっと大切なものを素通りする。
よそみせず静かに歩こう。
人はたくさんの知識をほこるが
ぼくにはなにもない。
もしたれかが稚いといったら
足もとを見て、
ぼくは正直だったかと自問しよう。

権威を嫌い、大声を上げず、毎日をコツコツと生き、その毎日を大切に、詩として書き表してきた。日々のできごとを言葉にしていく行為そのものが、大切なことなのだよといっている。それが、まさしく、菅原自身が求めてきた詩人の姿、理想の姿だったのではないだろうか。

菅原克己はやさしさの詩人だ。これはぼくのゆるぎない信念のようなもので、詩に出合った当初からの変わらぬ気持ちだ。なんとかその「やさしさ」の正体を知りたくて、何度も詩を読み返してきた。きっと菅原克己の本当のすごさは、人間のすごさなのである。それが言葉によって、つまり詩という形で表出されたのだと思う。

二　室生犀星の影響

菅原克己の初期の詩を読むと、あきらかに室生犀星の影響がみてとれる。ここでは室生犀星の詩とのかかわりにおいて、菅原克己の詩の書きはじめの意識を考えてみたいと思う。『遠い城』（一九九三年、西田書店）のなかでの「詩と現実の間2『愛の詩集』と姉のこと」の章では、室生犀星の『愛の詩集』との出合いのことをこう書き記している。引用する。

昭和二年の秋だったと思う。ぼくは神田の古本屋で一冊の詩集を見つけた。室生犀星の『愛の詩集』である。室生の名前は知らなかったが、教会にも行ったことのある十七歳のぼくは、おそらく「愛」などという言葉にひかれたのだろう、何気なく手にとって開いてみたとたんに最初の詩から一つの衝撃をうけたような気持がしたのである。

この文章の次には、室生犀星の「はる」という詩が全篇引用されている。菅原は「はる」を読んで、あわてて本を閉じたという。誰かに知られたら、損をするような気持になったということだ。大急ぎで買って帰って、くりかえし読みふけったと書かれている。

なんとほほえましいエピソードであろう。そして、言葉の不思議さ、すばらしさに出合った瞬間を確実に捉えた文章だろうと思う。ちなみに、十七歳と書かれてあるが、昭和二（一九二七）年の秋は菅原克己、満年齢で十六歳であった。一月生れなので、すぐに十七歳になるのではあるが。


このページをもう少し読み進めると、「何かを方向づける人生的な意味を持った貴重な書になったのである。」と『愛の詩集』を語っている。

エッセイ集『詩の鉛筆手帖』（一九八一年、土曜美術社）にも、「書きはじめのころ」という題で、初期詩篇と室生犀星のことが書かれている。こちらの文章も、まさしく同じ意味合いのことが書かれていて興味深い。どうしても書き残しておきたい事柄だったのだと思う。言葉との出合いの衝撃がいかに強かったかという証である。

菅原が室生犀星のどこに感動したのか。それは「はる」という詩にでてくる「おれ」という言葉である。『詩の鉛筆手帖』ではより詳しく語られているが、つまり、「おれ」という言葉を使ってとても自由になったというのである。

詩を書く人間には、必ず言葉との衝撃的な出合いがあるとぼくは考えている。菅原の場合はまさしく、「おれ」という言葉が該当する。それまで、島崎藤村や土井晩翠などの文語詩を愛読していた文学青年が、あるとき不意に自由な言葉にぶち当たったのだから。
新しい言葉に直接触れるということは、新しい世界に出合うということに他ならない。菅原が最初に読んでいた藤村や晩翠は、美文調の詩であった。もちろん日本の詩のなかで、文語詩における歴史はあるし、文語の良さ、素晴らしさもある。しかしどの領域においても、以前の段階から一歩踏みだした言葉は輝いてみえるに違いない。普段何気なしに使っている言葉、話し言葉が、詩のなかで使われることはあり得ないことだった。それが一転して、『愛の詩集』のなかの「はる」にはでてきたのである。引用してみよう。

はる

おれがいつも詩を書いてゐると
永遠がやつて来て
ひたひに何か知らなすつて行く
手をやつて見るけれど
すこしのあとも残さない素早い奴だ
おれはいつもそいつを見ようとして
あせつては手を焼いてゐる

時がだんだん進んで行く
おれの心にしみを遺して
おれのひたひを何時もひりひりさせて行く
けれどもおれは詩をやめない
おれはやはり街から街をあるいたり
深い泥濘にはまつたりしてゐる

　室生犀星の「はる」の最初の三行は強烈だ。この部分を抜きだしただけでも斬新さは伝わってくるだろう。今読んでもすばらしい三行であり、詩である。一番身近な言葉、普段使っている言葉、いままでに詩のなかでは使われなかった言葉、「おれ」。

　この「おれ」という言葉は、自分に素直になればいいんだよ、という、ある意味で詩の基本を、菅原克己に教えてくれた言葉なのではないかと思う。いきなりハダカの言葉をつきつけられて、読んだ詩を隠さずにはいられない気持ちになったのは当然かもしれない。菅原の体のなかで、自分自身と言葉がしっかりと結びつき、溶け込んでしまった言葉なのだ。

　室生犀星の第一詩集は『愛の詩集』ということになっているが、書かれた時期からいえば『叙情小曲集』のほうが先である。主に文語で書かれた『叙情小曲集』は格調高く美文であった。室生犀星は『愛の詩集』で、あえて美文調を脱ぎ捨て、ふだん着の素っ裸になったのである。いつも、使い慣れた言葉で、身近にあるものを率直にうたった。菅原は室生の姿勢に強く共感したに違いない。先ほどの『遠い城』のなかの続きの一節にこういう箇所がある。

　すぐれた詩というものは、読んだときに人の心を一変させるような要素を持っているといっていい。

また、『詩の鉛筆手帖』では、藤村、晩翠という美文調の詩を読んでいた最中、室生犀星の詩に出合ったときのことを次のように書いている。引用してみる。

　〈いい詩を見ると世界が一変するようだ〉と誰かがいっていたが、そのときのぼくはまさしくそうだった。平凡な日常の言葉をつかって、かえって真実の美しさを告げているものが室生の詩にはあった。―中略―しかし、ぼくの生活は〈おれ〉そのものだった。このふだん着のような日常語に対する確信が、その後のぼくの詩を決定したといってもいい。

菅原の詩の特徴は、日常の語り口で、素直に平明に書かれているところだろう。けっして悲痛な叫びは発しない。ときにはユーモアも含みながら、透徹した目でみる。弱者にやさしく、権力に抗する。一見、軟弱な言葉であると捉えられてしまいがちだが、そうではない。菅原の人生経験、戦争体験、そして共産主義への傾倒、のちに検挙され独房生活まで経験することにより裏打ちされた、芯の強い言葉である。

　室生犀星が、美文調の文語詩から口語自由詩にうつったときに感じたであろう、自由さを、菅原は最初に受け継いでいる。また何よりも、生活を受け入れ暮らしを書くことによって新たな発見があることもしかりだ。一篇の詩が書かれることによって、まったく別な世界が開かれることができるということを菅原は信じた。

「しぐれ」（詩集『手』所収）という詩がある。これは菅原自身が述べているが、「この作品以前のものはみんな破いて捨てたので、これがぼくの処女作みたいなものといえるだろう。」（『詩の鉛筆手帖』）といっている。題名も室生犀星の「しぐれ」と同じなので、いい意味で、模倣に近いものかもしれない。記念すべき『手』の冒頭の詩で、若干、二十歳のときの作品である。

しぐれ

そのときお前が急に黙ってしまったので
私は困って、お前の妹の
髪の毛ばかり撫でていたのだ。

すると、せっかちなしぐれが
また周章ててやって来て、
あたりはすっかり夕ぐれになってしまった。
そしてお前はふいと帰って行くのだ。
かぼそい兵古帯姿がうつむきながら
雨に濡れて行ってしまったのだ。
いつものおみやげ三つもいわないうちに
小さい妹は姉さんにひっぱられて、
ピョンピョン水溜まりを飛び越しながら
うす紅いはちすの花の咲く路を行ってしまった。
——あとは静かなしぐれの音が
さびしい夏の終りを告げているばかり。

この「しぐれ」は、結核で寝込んでいるときに、病気見舞いにきてくれた知り合いの娘とその妹のことを書いた詩である。室生犀星にも同じ題名の「しぐれ」という詩があり、ふいに室生の作品が思いだされて、素直に書けたものであると、『詩の鉛筆手帖』には記されていた。雨がさっと降ってきて、さっと別な場所に移ってしまう室生の「しぐれ」のイメージが、娘と妹に重なったのだろう。何のてらいもなく、思ったことを素直に言葉にしたいい作品である。

室生犀星の詩のなかでは、先ほどの「時雨」や「雨」「朝」や「夕」などを題材にしたものも多い。これらのキーワードも菅原の詩に通ずるところがある。室生犀星の視点と菅原の視点が合っているということだ。「おれ」という言葉により、表現の自由さを勝ち得た詩人は、詩とは、普通の暮らしのなかの言葉を使い、新たな発見をし、人生を一変させられる価値のあるものだと考えた。室生犀星はそれを実践していた。ならば自分も、というより、菅原も同様の詩の世界を求めていた。すくなくとも、初期において信念は変わらず、第一詩集『手』は出版されたものであろう。

室生犀星は、文語体から口語自由詩への架け橋になった詩人でもあり、日本の詩を支えてきた功績は計り知れないものがある。だが、やはり現代では歴史上の詩人となりつつあり、現代詩のなかでは一線を画することになってしまうかもしれない。ただ、現在の詩は、過去に培ってきた近代詩と呼ばれるものの持っていた良さ、絶対に忘れてはいけないもの、つまり詩の源泉となるようなものをどこかに忘れているような気がする。

詩の源泉とは何か？　つまりは詩を考えるものが各々、頭と心のなかで考え、反芻し、取り組んで自ら答えを求めていかなければならないことかもしれないが、おおきなヒントとして、菅原の詩が関わっているのではないかと考えている。

毎年四月の第一土曜日に開かれる、菅原克己の追悼会である「げんげ忌」にはファンが集まる。若い人や、菅原を知らない人まで駆けつける。少なくなるどころか、増えているとも聞く。この人たちは、菅原の詩に何を求めてくるのだろうか？　現代詩に答えを求めてやってくるのではない。菅原の詩を求めてやってくるのだ。

再び『詩の鉛筆手帖』から、先ほどの室生犀星に関する言葉を引用しよう。

　そしてもう一つの大事なことは、その頃の室生の詩にある人生に対するつつましい精神の在り方が、たえず欲求だけで浮つき流れようとするぼくの気持を沈静させ、対象に向う態度をひき締めてくれたことである。

「つつましい精神の在り方」これは一体何を意味するのか。ぼくらはつつましい精神を忘れてきているのではないか。もう一度、反省するべきかもしれない。菅原克己の詩の言葉をかりれば、「足もとを見て、／ぼくは正直だったかと自問しよう。」（「大切なもの」）ということになる。

三　姉、高橋たか子の存在

だれしも人生において影響を受けた人はいると思う。

例えば学校の先生であるとか、両親であるとか、歴史上の人物であるとかだ。読書から得た人もいるかもしれない。読書のきっかけを与えてくれた人が、影響を受けた人になり得る場合もある。いずれにせよ、自分というものを形作る要素として、別の人からなんらかの力をもらうということはよくあることだ。

詩や小説、絵画、音楽、その他芸術的なことからは子弟関係もうまれてくる。

この、人が人に対して及ぼす影響は、偶然、必然を問わず人の人生を左右する。最初から意識的にこの人に影響されよう、とはあまり考えないだろう。憧れの人に対して、この人を師匠にしたい、弟子になりたいと思うことはあるが。たまたま、自分の前を生きてきた人、先人がいたからこそ、その人のようになりたいと思うことが多いのではないだろうか。また、自分だけの世界から、未知なる世界の扉を開いてくれた、先鞭をつけてくれたという意味からの影響もある。なかなか、新しい世界を自分自身でみつけるのは困難なものだ。
まだ、うら若きときの、菅原克己をみてみると、実の姉である高橋たか子から受けた影響ははかりしれないものがあったのではないだろうか。ちなみに、小説家にも高橋たか子（高橋和巳夫人）という人がいるが、同姓同名の別人である。
高橋たか子は、『現代詩大事典』（二〇〇八年　三省堂）に以下の記述（五本木千穂執筆）がある。引用する。

高橋たか子（たかはし・たかこ）一九〇四・九・四〜二〇〇〇・九・一一
宮城県栗原郡金成（かんなり）町（現、栗原市）生まれ。本名、たか。弟は、詩人の菅原克己。県立第一高等女学校卒。卒業後、小学校教員となる。同郷の白鳥省吾の民衆詩の精神に共鳴し、「地上楽園」第二号（一九二六〔大15〕・七）に「感謝」を寄せ、以後同人となる。深尾須磨子に師事し、全日本女詩人協会設立時からの会員として、「ごろっちょ」「女性詩」等で活躍。実生活の諸相を平明な言葉で素直に表現した。詩集に、『夕空を飛翔する』（二八・一〇　大地舎）、『夕暮れの散歩』（九一・五　西田書店）、『秋の蝶』（九六・九　西田書店）等。ほかに、『白鳥省吾先生覚書』（八七・一　仙台文学の会）がある。

大事典の記述からみると、高橋は民衆詩派で活動し、女性詩の発展にもつくした詩人といえる。

高橋は一九〇四年生まれであるから、菅原より七歳年上ということになる。白鳥省吾の「地上楽園」第二号に詩を発表したのが一九二六年であるから、高橋は二十二歳。菅原は十五歳になっていた。十五歳といえば、多感な時期で、文学好きであれば、影響されるのに時間はかからなかっただろう。当時、高橋がどのようないきさつで「地上楽園」に詩を発表するに至ったかはわからないが、多くの本を読み、詩を読み、努力を積み重ねてきたであろうということは、想像に難くない。菅原は姉の姿をみて、詩というものを身近に感じていたことは間違いない。

高橋の著作のなかで、『白鳥省吾先生覚書』というのがあり、読んでみた。白鳥省吾の詩への愛に満ちている本であり、絶賛というにふさわしいものだった。もともと白鳥省吾という詩人は、大正時代に、福田正夫、富田砕花などと共に活躍した詩人である。庶民の暮らしを基盤に、生活の悲哀を平明な言葉で表し、「民衆詩派」と呼ばれている。

そもそも民衆詩派とはなんであるか、少し長くなるが、先の『現代詩大事典』（信時哲郎執筆）から引用してみる。

一九一八（大7）年一月に福田正夫が加藤一夫、白鳥省吾、富田砕花、百田宗治らの協力を得て雑誌「民衆」を創刊した半年後くらいから、彼らのグループを指して使われた語。民衆派と呼ばれることもあった。同誌を発表の場とした井上康文や花岡謙二もその一員であるといえよう。
　彼らの主張するところは、おおまかに言えば民衆に芸術を近づけることであり、労働者や農民の生活や心情に即した詩を作ることであった。―中略―かねてより民衆詩派の作品の観念性や感傷性は指摘されることが多く、その言語やリズムについても批判が多かったが、白秋が二三年頃から福田や白鳥の詩について、弛緩して散文的で、改行しなければ散文と見分けがつかないと痛烈に批判すると、白鳥と福田はただちに反論するが、明確な解答とはなっておらず、この論争の影響もあって民衆詩派の芸術的価値は今日まで低いままなのだとも言われている。しかし、彼らの運動が近代詩史にもたらしたものが大きかったのも事実で、旧世代の詩的言語ともいうべき文語を廃し、新しい時代にふさわしい平易な口語による詩を定着させたこと、また、プロレタリア文学運動へ繋がっていく精神を育んだこと等は評価されなくてはならない。

　この引用でもわかるとおり、現在の詩史的な観点からみても、民衆詩派の評価は低い。詩作品の完成度の低さと、芸術至上主義を遠ざけたこと、加えて、社会を変革させるだけの力を持ち得なかったことに起因すると考えられる。だからといって民衆詩派が抹殺されていいのかというとそういうことではない。民衆イコール庶民、一般大衆に詩を注ぎ込もうとした意気込み、言葉の大切さ、だれが詩を書いてもいいのだという意識を芽生えさせた功績は大きかった。つまりはその後のプロレタリア文学への発展、サークル詩への布石、今でも記憶に新しい新日本文学会という一大ムーブメントに繋がっていったのである。いいか悪いか、あったかなかったか、ではなく、これは事実である。これら「民衆詩」に関することは、最近では苗村吉昭の『民衆詩派ルネッサンス』（二〇一五年　土曜美術社出版販売）にくわしいので、興味あるかたは一読をお勧めする。

菅原克己の姉、高橋たか子は「民衆詩派」に共鳴する詩人の一人だった。菅原は、姉の詩を書く態度に影響された、という確かな事実がある。

先の『白鳥省吾先生覚書』のなかには、弟、克己に対して、詩を書くことを勧めるような文章があった。高橋とともに詩を書いていた、詩人中村恭二郎が、大阪から東京麻布中学の英語教師として赴任され、東京に居を構えた頃のことだ。引用してみる。

その頃、年少だった私の弟の菅原克己が、ひとりで初々しい抒情詩を書いていた。身びいきばかりでなく、伸びる素質を持っているように思われたので、力のある恭二郎氏に詩を見て貰うように進めた。勇をこして会いに行った弟は、以後恭二郎氏を、文学の師として親交を重ねることになった。

このような事実を念頭に置きながら、菅原の『遠い城』（一九九三年　西田書店）に目を通すと、「「詩と現実の間」2『愛の詩集』と姉のこと」のなかで、まったく呼応するかのような文章に出合うのである。菅原は事実、姉から多くのものを学んだと素直に述べているからおもしろい。引用ばかりで恐縮だが、抜きだしてみる。いかに菅原にとって姉の影響があったのかがわかる。

　ぼくは詩を書く姉（高橋たか子）の家に行っては、当時の新しい詩人の詩まで、手当り次第読むようになった。ぼくの家は練馬南町というところにあったが、姉は嫁いでいたので、夫婦で庭先の小さな家に住んでいた。ぼくはここで、新潮社版の『現代詩人全集』や、詩話会編纂の雑誌『日本詩人』、それからポケット版の詩人叢書、たとえば朔太郎の『蝶を夢む』とか、佐藤惣之助の『華やかな散歩』、犀星の『田舎の花』など読んだ記憶があり、ちょっと失敬して持ち帰ったこともある。
　姉は当時、小学校の教員をしていて、民衆詩で著名な白鳥省吾の『地上楽園』の同人であった。姉の作品は民衆詩というよりも地味な生活詩だったが、犀星とはちがって、こっちの方にはあまり影響を受けなかったようである。ときどき生意気な批評もしたが、何やらくそまじめに詩を書いているその態度には、日頃敬服するものがあった。──中略──この姉からは詩について多くのものを学んだように思う。向うは別に教えるつもりはなかったのだが……。

詩、そのものの影響より、詩を書く態度に影響を受けたといえる。高橋が「地上楽園」の同人になったのが、一九二六（大正十五）年、当時、菅原は十五歳である。世のなかは治安維持法が交付された翌年。そろそろ民衆詩派の勢力は衰えはじめ、変わってプロレタリア文学が台頭してくるころであった。菅原は、年譜によると、十九歳の年に、共産主義を勉強する〈読書会〉に参加している。だが時代は、すでに日本共産党が結成されており、左翼的な思想は世のなかを飲み込んでいった。菅原自身、大いに興味はあったといえるだろう。詩に対しては、純粋に自分に見合う、自分の心に訴えかけてくる詩を模索していたのではないかと考えられる。また姉が詩に打ちこむ生活態度をつぶさにみることによって、だんだんと感化されていったに違いない。姉に紹介された詩人中村恭二郎によって、自分の詩をどのように書いていくかという方向性がみえてきたのではないだろうか。

さて、先ほどの高橋の『白鳥省吾先生覚書』のなかに、もう一つ特筆すべきことがある。長谷川七郎が書いている「あとがき」である。長谷川七郎は、アナーキスト詩人だ。本文のなかで高橋は、「長谷川さんは弟の菅原克己と美校時代からの親しい友人で、旧知の間柄だった」と記している。菅原克己の二十歳ごろの状況がよくわかるのである。これも少し長いが引用する。

詩人、白鳥省吾がやや具体的に私の意識の中に投影されたのは、私が田舎の旧制中学校を出てすぐに上京し、菅原克己と知り合った昭和八年頃である。

その頃菅原の家は練馬の江古田にあり、母と弟妹が一緒で、おなじ敷地内に姉の高橋たか子と次姉の一家が、それぞれ別棟で居を構えていた――中略――菅原の部屋でさいしょにおどろいたのは、幾つかの本箱にぎっしりつまった詩集の類であった。尾形亀之助や野長瀬正夫、木山捷平ら、その頃の新人のものが多かったが、中心に置かれたものに高村光太郎、室生犀星があった。

私は田舎からぽっと出で詩についてはは白紙同然であったが、菅原は今日にいたる、一貫したかれの詩の手法の基礎を、当時すでに固めつつあったようにおもわれる。その頃のかれの詩は戦後いち速く出版されたが、円熟した後年の作品とくらべていささかの遜色もない。

姉、高橋たか子の影響がどのくらいあったかは別としても、菅原の詩の基調からも民衆詩派と共通な人道主義的な傾向が読みとれるが、かれが民衆詩派に傾斜しなかった理由は、その頃かれはすでにマルキシズムの洗礼をうけていたからだろう。


白鳥省吾や高橋たか子についての部分はおおかた飛ばして、菅原克己に関するところだけを抜きだしているため、『白鳥省吾先生覚書』のあとがきとは思えない文章だが、まったくもって菅原の詩をいい当てている。もちろん具体的にどうであるといい切ってはいないが、「一貫したかれの詩の手法の基礎を、当時すでに固めつつあったようにおもわれる。」であるとか、「円熟した後年の作品とくらべていささかの遜色もない。」というのは正確である。また、ぼくが注目するのは、「かれが民衆詩派に傾斜しなかった理由は、その頃かれはすでにマルキシズムの洗礼をうけていたからだろう。」という記述である。

菅原は詩に関する多くのことを姉から学んだ。もちろん高橋は民衆詩派に感化されていたのだから、菅原も同じような作風になってもおかしくはない。ただ、菅原の詩は姉のような詩、もしくは民衆詩派の詩のようにはなり得なかった。理由の一つとして、詩の理想である。菅原には一つの詩の理想があったのではないだろうか？　姉の家から、詩集を失敬し、読み、そしておぼつかない感覚で、自分の言葉を書きつける。師である中村恭二郎にはそのナイーブさを誉められる。そして、自分の詩とは何かを考えつづけたのだろう。室生犀星の「はる」にでてくる「おれ」とは何かを考え続けていたのかもしれない。姉と同じではだめだ。犀星の詩は好きだが、その先に自分の詩はある、と思っていたはずだ。そのように考えれば、民衆詩派が目指した生活だけの詩に堕することはない。もちろん、生きていくには生活が基盤なのだから、生活を書くのは基本である。だが、詩を書くことは、自分からの脱却でもある。言論の自由、思想の自由、自分への自由。文学で、いや、人間そのもののなかに、もっとも必要で自分自身を輝かせてくれるもの、〈自由〉は菅原の理想であったのではないだろうか。

人は人に影響を及ぼす。姉、高橋たか子に影響を受けた若い菅原克己は、その時点から、影響を受けることはただのマネではだめなのだということを感じていて、自分の理想に近づこうとしていた。詩はそのための方法であったのではないだろうか。本人自身に自覚があったかはわからないが、ぼくにはそう感じずにはいられない。

四　師、中村恭二郎

菅原克己の散文集『遠い城』（一九九三年、西田書店）、『詩の鉛筆手帖』（一九八一年、土曜美術社）の二冊は、この詩人を知る上で、かかせない本となっている。そのなかでも、自ら師と呼んだ、中村恭二郎との出会いは読んでいておもしろい。

『詩の鉛筆手帖』の、「3　書きはじめのころ」の冒頭には、「影響」ということについて次のように語っている。

今月はぼくがむかし影響をうけた詩人と、そこからどんなふうな詩が生れたかについて書いてみよう。影響といえば、何かその人の個性がなくなるように思うかもしれないが、それはまったく逆であって、すぐれた詩人の影響というものは、むしろ当人が自覚していなかった素質をひき出してくれるものなのだ。

この言葉を借りれば、菅原は室生犀星、それから中村恭二郎によって、素質をひきだしてもらったことになる。もともとは、姉、高橋たか子から紹介された詩人であった。姉も、この中村がいた『地上楽園』という詩誌に所属していたので、そこで引き合わせてくれたということだ。

中村恭二郎という詩人は、大正から昭和初期に活躍した。民衆詩派後期の人でクリスチャンであった。「地上楽園」という詩誌は白鳥省吾が主宰していた詩誌で、中村は詩や評論を執筆していた。詩集には『青い空の梢に』(一九二七年、大地舎)がある。

中村に出会った菅原は、いきなり室生犀星の影響を指摘される。そして、とてもナイーブな面があってよろしい、と誉められるのである。人は誉められるとやはりうれしくなるのだろう、菅原も同様で、これをきっかけに中村を師と仰いだようだ。

基本的に詩というものは、教わって書けるものでもない。向かうものは、いつだって、真っ白な紙の上だ。現代ではパソコンのディスプレイに向かって、キーボードをたたく、ということになるのかもしれないが、どこでどのようなスタイルで書かれようとも、無の状態から、第一行を書きはじめなければならない孤独な作業だ。

詩を書くにあたって、第一行は偶然の一行なのだろうか。天から詩の神様が降りてきて、第一行目は書かれる、という話もよく聞く。だが、降りてくることはそう多くはないだろう。たとえ一行目が書かれたとしても、次の行をいかに書くのだろうか。触発されたイメージから次々と言葉を繰りだしていくのだろうか。詩を書く段階では、あらかじめ言葉は決まっていないはずだ。おぼろげな構想、感覚があるだけだろう。霧のなかを手探りで歩くようなものだ。おぼろげな光だけを頼りに言葉を選んでいる。詩をつくる作業は、手探りなのである。菅原の詩に関しても、これもまた苦労して書かれたもののように感じる。どちらかというと、観念的なイメージを言葉にするのではなく、即物的な事象を描くことに集中した書き方をしている。詩人は常に言葉を探している。というか、日常の暮らしのなかで、自分の感覚に触れるものを体のなかに取り込んでいる。取り込んだものは、思考のなかで、熟成される。熟成期間はまちまちだが、いつしか詩の言葉となって、真っ白い紙に移されるのである。菅原の詩はどれも、頭のなかだけで書かれたものはないといっていい。しっかりとものをみて、自分の体のなかに取り込み、熟成されたものだけが取りだされている。菅原の言葉には嘘が感じられない。自分自身に極端に素直なのだ。また素直なものしか書かないのだ。いつでも正確な描写を心がけていたのだ。

菅原は、師である中村の詩について、ストレートな詩人、といっている。そして、「中川一政の『ゴオホ』を読んで」という詩を引用している。この詩は『遠い城』にも『詩の鉛筆手帖』にも掲載されている。朴訥として一直線にゴッホのことを書いた詩である。菅原は中村の詩集を、空襲でなくしてしまい、手元にはこれしかないといって、一篇だけを紹介している。この一途な抒情を表した詩を紹介するのも、尊敬の念が表れている証だろう。

詩の技術を示唆されるとか、書いた作品を添削されるとか、そのような間柄ではなかったらしい。当時の民衆詩派は、一般の読者を多数持っていた詩の最大派閥である。そこにいた中村は当時の詩壇の状況をよく理解していた、もしくは多くの詩人を知っていたと思われる。勿論、二十歳前後の菅原にとって、中村は大海原にでるときの心強い船長みたいな感じではなかったかと想像する。そして菅原に適切なアドバイスをしていた。もちろん本人自身も知らずのうちに、この若い、詩の好きな青年に、詩のすばらしさを伝えたいとだけ考えていたのかもしれない。中野重治の「機関車」を菅原に伝える場面などからそのようにうかがえるのだ。また、伊藤整の詩集を進呈することなど、中村がいかにこの青年をかわいく思っていたかが想像できる。そして、たぶん当時の詩人たちに対しての考え、詩とはどういうものか、これから詩はどうなっていくのか、などということを真剣に語り合ったのではないだろうか。

アドバイスといえば、『遠い城』のなかには、菅原がプロレタリア詩ばりの「いさましい詩」を書いて、それをみつけた中村が叱責したことがでてくる。次のような場面だ。

ぼくはプロレタリア詩のように勇ましい詩を書きたいと思っていたが、、ぼくには書けそうもなかった。ずっと前、病気していた時分に、机の上の紙片に「おお、プロレタリアよ。革命の先達よ」などと書きかけて散歩に行き、帰ってみると、そのわきに大きく落書きがしてあった。ぼくの留守に、詩の先輩であるK・N氏がきて、書いたものであることは一目でわかった。

「何がおおで、何が先達なんだよ。鵜の真似するカラスの大バカヤロー。おお！」

まったく、それ以来、ぼくは「プロレタリア詩」を書くことは断念したのだった。

このエピソードからも、中村と菅原の師弟関係の親密さがうかがえる。頭から押さえつけるもの言いではなく、揶揄するようなおおらかさでもって、しかもはっきりと菅原にいっている。もともと詩を書くにあたって、先生はいらないかもしれないが、尊敬する詩人はたくさんいたほうがいい。多くの詩人の話を聞くことは必ず自分の詩にかえってくる。

菅原は中村と付き合うことによって、自分の詩に対する感覚がどんどん増し、また詩への興味が深まっていったのを感じたのではないだろうか。となれば、それはまさしく師、と呼べるものなのである。

菅原が、中村について書いた詩があるので、紹介しておこうと思う。それは二篇ある。ひとつは詩集『夏の話』（一九八一年、土曜美術社）から、「むかし、一人の詩人がいた」という詩である。

むかし、一人の詩人がいた

むかし、一人の詩人がいた。
その人はクリスチャンで
気位がたかく、
美しい目と口髭をもっていた。
ときどき、よく透る声で
古い英語の歌をうたった。
——Silver Threads Among the Gold……

詩人には若い弟子がいた。
詩人は弟子のへたな詩を読みながら
ときに励ましてこう云った。
——おれの詩もごつごつしている、
野暮ったい。
だが、決して後悔はしない。
おれはおれの信ずるものと歩いてきたのだから……。

十年ひと息に時は去り、

詩人はいなくなった。
ときたま、田舎の方から
その人のさびしい噂が流れてきたが、
そのうち、何も聞くことはなかった。

また十年、ひと息に時は去り、
若者も年をとった。
だが、それでも詩を書くことはやめなかった。
その詩は野暮ったく、
髪には白髪がまじった。
ときに落ちこむことがあっても、
いまはいない人の言葉が
すずしい風のように通っていった、
古い英語の歌とともに。

——おれの詩もごつごつしている、
野暮ったい。

だが、決して後悔はしない。
おれはおれの信ずるものと歩いてきたのだから……。

この詩集『夏の話』は菅原の第六冊目にあたる。いくつかのパートに分かれていて、最初の「旧詩帖」のパートに入っている。初出一覧をみると、「鍬とCello」一号、79、5とある。『夏の話』が一九八一年の出版だから、二年前に雑誌にだしたということになる。ただ、旧詩帖というくくりからすると、もっと以前に書かれた可能性はおおいにあるだろう。
いずれにせよ、クリスチャンで、古い英語の歌を歌う、というところで中村恭二郎だとわかる。その弟子は、すなわち菅原本人であり、励ましの言葉をもらったうれしさを忘れないでいるのだと思う。ただ、この詩、菅原のセンチメンタルな部分だけで、読んではいけない。本当の詩は、人に何といわれようが関係ない、まずは自分が信じた「詩」を書き続けることが大事なんだよと示唆している。詩について、師匠から教わった大事なことをここでも反芻している。菅原のすばらしさは、この謙虚な態度だ。いつも自分を最初の場所に戻し、そこから詩を書いている。次は詩集『一つの机』（一九八八年、西田書店）から、「むかしの先生」という詩。

むかしの先生

もう一度
笑顔に戻ってほしい。
今日は新年の集り、
みんなの前で
なぜ、そんなに依怙地になるのか。
意見のちがい？
いや、それとはちがう。
あなたはむかし
ぼくの大事な詩の先生だった。
ただ、ちょっとばかり
――時がたった……。

あれは雑司ガ谷の夏、
あなたははだかで
一本一本、ヒゲのまわりを抜いていたっけ。
それから葉影がチラチラする縁側で
あぐらをかきながら

うまそうに莨を吸っていた。
「マギー、若き日の歌を」を歌ったのも
あの大きな青い部屋だった……。

年月に何があったろう。
人の心のすれちがいは
老いとともにくるものなのか。
もう一度
笑顔に戻ってほしい。
そうしたら、きっと、
記憶の中で先生がやってきて、
詩という哀しいものを
ふたたびさし出すにちがいない。
そして、それだけでしか云えぬものが
この世にはかならずある、と
元気づけてくれるにちがいない。

——ぼくのむかしの先生、
葉影がチラチラする縁側で
チョビ髭の口をとがらせながら
もう一度……。

『一つの机』は第八冊目の詩集となる。この詩の初出は、「塞外」五号、75・4である。先ほどの「むかし、一人の詩人がいた」より以前に書かれた可能性がある。時がたち、年老いた中村恭二郎と新年の集まりで再会したのだろうか。いずれにしても、記憶にある師の顔、声、姿態がどうしても忘れられないといった感じだ。

この詩のなかには、詩人の成長の跡がみられる。次のような詩行からそれは読み取れる。「年月に何があったろう。／人の心のすれちがいは／老いとともにくるものなのか。／もう一度／笑顔に戻ってほしい。／そうしたら、きっと、／記憶の中で先生がやってきて、／詩という哀しいものを／ふたたびさし出すにちがいない。」先生と仰いでいた人の老いた姿を心配する、その心持ち。詩には必ずどこか悲しいものが含まれていると実感する、菅原の体のなかに沁みついているような表現が印象的だ。先生の教えにしたがって詩を書いてきた、その経験が語らせた一篇であると思う。菅原克己、六十四歳のときの詩である。菅原克己という詩人は、つねに、書きはじめたころの、詩を書く気持ちを大切に持ち続けた詩人だった。そこには、豪傑そのものの、ごつごつした詩を書く、中村恭二郎の姿がいつもあったにちがいない。

五　菅原克己と千田陽子

詩人、千田陽子は、菅原克己の姪にあたる。菅原克己の兄弟姉妹は全部で七人。長兄の千里、長姉のたか、次姉のきよ、克己、妹まさ、弟隆三、末妹みどりである。ちなみに、末の妹みどりは、一九五一（昭和二十六）年に三十一歳の若さで亡くなっていて、菅原克己と千田陽子、それぞれ、みどりの詩を書き残している。

千田陽子は姉、たかの長女で、一九二六年三月十三日、東京練馬区江古田生まれ。所属グループは「サークルP」。詩集に『約束のむこうに』（一九七一年、詩学社）『萱の家』（一九九〇年　詩学社）の二冊がある。ご存命なら九十歳をとうに過ぎているが、残念ながら亡くなられている。二冊とも、すでに貴重な本の部類に入っていて、なかなか読めない。第一詩集である『約束のむこうに』に、叔父である菅原克己が跋文を寄せている。この跋文を紹介するとともに、千田陽子の詩を読みながら菅原克己の詩をみていこうと思う。

跋文は、「夢と童話の後遺症」というタイトルで書かれたもので、菅原自身の詩の源泉に触れるようなところもある。まず書きだしを引用しよう。

ぼくには詩を書く姉がいて、十六、七ごろのぼくはこの姉の影響をうけて、〈門前の小僧〉式に詩を書きはじめた。ぼくの妹も詩を書いていたが、胸を患って、戦後、清瀬の病院で亡くなった。このような身内の先輩（?）の影響をうけたらしく、姉の長女の陽子がやはり詩を書き、今度詩集を出すから跋を書いてくれ、という。これでわが家系から四人の詩人が出たことになる。

このあとには、「正直のところ、ぼくにとってはあまりいい気持のものではない」と続く。菅原は千田が詩人になったことを快く思っていないような感じにもとれる。つまり、詩にはいつも不幸せな感慨が伴っているというのだ。菅原自身は、詩を書くときにそのような思いがするといっている。跋文の引用を続けてみよう。

―中略―ぼくはむかしから、はたに対して何か不幸な思いがするときに詩を書いてきたような気がする。ぼくがもしもほかの才能を持っていて、たとえばソロバンの名人だったり、あるいは数学とか物理化学の問題が苦もなくとけたりするようだったら、ばかばかしい詩など決して書かず、さっさと別な世界に行ったろうという、悔いみたいなものが尾をひいているのである。

詩を書く行為とは、どこかに引け目を感じるものなのだろうか。詩人というものは、世間から外れたアウトロー的な感覚があるのかもしれない。菅原は姉たかの影響もあって、自然に詩の世界に入っていった。そして、中村恭二郎という詩人と出会い、詩を書きだした。菅原の初期の作品をみると、初々しい抒情詩が中心であり、気張ったところがまるでない。何か不幸な思いがするときに詩を書いてきた、ということは、自分に対しての慰めにもなっていたのだろうか。〈不幸な思い〉というと、初期の作品には、追悼の意味の詩作品が多い。身近な人が亡くなったとき、菅原は自分の悲しさを慰めるには詩を書くしか手立てがなかったのかもしれない。跋文の続きを引用する。

―中略―ところで千田陽子をみていると、これまたがっかりするのだが、ぼくとよく似ているのである。年齢よりも気が若く、空想家で現実知らず、おっちょこちょい、新しもの好き……、つまりぼくが自分に嫌気がさすものをみな揃えていて、夫、こども、姑までいる今になっても、どこかにまだ〈足ながおじさん〉でもいるような、寸足らずのところがあるのである。

自分で自分の嫌気がさすところを、姪もまたそれを引き継いでいる、そのように思ったのであろう。しかしコンプレックスと思われる一面は、詩を書くものにとっては素晴らしい魅力の一つではないだろうか。千田陽子もやはり〈不幸な思い〉のとき、つまり叔母の死に直面したときに追悼の詩を書いているのだから。それは詩集『約束のむこうに』と、一九八六年出版の『女たちの名詩集』(新川和江編　ラ・メールブックスⅡ　思潮社)にも収録されている詩「あざみ」である。引用してみる。

あざみ

あんた
きれいだね　と風のように
言ってくれる　ひと　待って
年老いた

あざみの花
ばち　ばち　切りとって
大きな水に漬けてやった

いっぱい水すって
いっぱい花ひらいて
ぎざぎざの　その葉っぱで
たくさん　意地わるして

そして
いちどに　死んでおしまい

あんた
ほんとに　きれいだ

死んだとき
だれかが　そっと　つぶやく

叔母みどりの死に直面したときの作品である。短く歯切れよい言葉のなかに、凝縮した悲しさがある。そして、美しさの極致のような雰囲気が漂っている。この作品は『女たちの名詩集』のなかに、千田自身の自注があるので、紹介しておこう。

おわかれですという声に棺のなかの叔母を見た。紅をさした叔母の顔はとてもきれいだった。それまで見たことのない華やかな叔母に見えた。二十代で自殺未遂、戦後の苦労の十二年がすぎ、四十二歳で結核で死んだ叔母。この詩は、ヨーコちゃんと呼びかけてくる叔母への詩である。

この詩にはさりげない詩の技術がみられる。悲しいといいたい部分を悲しいとはいわず、あざみの花に託している。そして、女性への賛辞として用いる言葉の「きれい」を、さりげなく誰かにいわせている。千田陽子は、母である高橋たか子、そして叔父である菅原克己の遺伝子を確実に受け継いでいるのである。

さて、引き続き、千田陽子の『約束のむこうに』の跋文、菅原克己の文章をみてみる。最後の方の文章を引用してみよう。

―中略―彼女のこれからのことは何もいえない。ぼくは彼女がまだ軽やかにしかあらわし得ないその特質が、今後、重い大きな生活の流れのなかで、痛みを持ってかえってくることに気づいたとき、逆にもう一つひろがる世界を得るだろうと思うが、そういうことを考えると、やはりぼく自身にもどるようににがにがしく、今はただ叔父として、一冊の詩集にまとめあげた姪の努力に祝福をおくるだけである。

詩人としての今後の成長を期待している文章だと思う。しかし、ここでも、菅原の過去が垣間見えてくる。新しい表現や詩の深さを追求していくことは、それは、「痛みを持ってかえってくること」なのだ。菅原の重い青春時代の、暗い影はこういう文章にまでも及んでいるのではないだろうか。そして、痛みに気づいたとき、あたらしい世界を得る、といっている。この跋文の最後は、菅原自身の詩の経緯を振り返ることにもなり、詩集を作ることの労苦を、叔父としてねぎらっている。心あたたまる文章である。

千田陽子は『約束のむこうに』からなんと、十九年もの間隔をあけた、一九九〇年に第二詩集『萱の家』を上梓している。この詩集は、詩の内容、技術等、数段前詩集を上回っている。本当にすばらしい詩集となった。一篇、「犬も人もあるいていない」という詩を読んでみよう。

犬も人もあるいていない

鎖にひかれ
犬が一匹

道のまんなかを通っていった
まんなかのまんなかに
水たまりがひとつあって
青い空が浮かんでいた
犬は
青空をひょいととびこえ
鎖にひかれ
あるいていった

人と人とがあるいてきて
青空のはじとはじで
すれちがった
一瞬見つめ
かるく頭を下げあって

青い空浮かべたまま
道も消えた

犬も人も
あるいていない

この詩も『女たちの名詩集』のなかに入っていて、千田の自注もある。そこには「年老いた犬は何気なくその空をとびこえた。水たまりの空がかすかにゆれた。わたしは、そのときふと、とてもながい時間がゆっくり流れ、消えていったように感じた」と感想を書いている。この作品自体は一九八二年の詩誌「P」に掲載されたものであるから、たぶん菅原は読んでいると思われる。一瞬の〈時〉を、永遠という時間に変えてしまったような緊張がある。「犬も人も／あるいていない」という詩句が妙に印象的だ。

千田陽子は、雑誌『詩学』一九八七年十月号に「口笛を吹きながら」というエッセイを寄せている。これは菅原のことを書いたものだ。口笛を吹きながら帰宅してくる叔父の様子を描写し、そして菅原の詩「セント・チチアン」（『一つの机』所収）を引き合いにだしている。

「セント・チチアン」では、願いをすると、その願い事が叶うという詩で、菅原は、〈小さい、かわいいこども〉を頼むのである。一瞬で菅原は、子どもを手のひらに抱えることになる。千田の詩「犬も人もあるいていない」では、道も消え、犬も人もいなくなってしまうのだが、菅原の「セント・チチアン」では一瞬にして子どもが現れるのだ。千田は、菅原が願って授かった〈小さい、かわいいこども〉を食べてしまうのではないかとこのエッセイで書いていている。一瞬の時、という時間の経過を、千田は消失、菅原は出現という対比する形で書かれていておもしろい。

　叔父と姪という間柄は、詩を書くときには全く関係ないだろう。関係はないが、ただ、千田は「セント・チチアン」という詩を読み返したとき、どこか叔父の詩に、一瞬で現れる子ども、その子どもに戸惑うところなどに、菅原が潜在的に持っている、牧歌的、童話的なもの、心の中にある素直さ、正直さのようなものを感じたのである。

『萱の家』の各詩篇を読んでいくと、千田の懐古的な詩集であることがわかる。自身を振り返っての戦禍の記憶、伯父の出兵、焼け野原の東京、等である。残念ながら菅原のことを書いた詩は見当たらなかったが、詩人であった叔母みどりのことを詩にしている。詩集『約束のむこうに』のなかにも「あざみ」という詩を書き、次の詩集では「叔母の手紙」という詩を書いている。千田はこの叔母のことが本当に好きだったのではないだろうか。菅原を通して知り得た、千田陽子という詩人の詩集を読んでみると、妹みどりという人物を介して、菅原と千田はしっかりと手を結んでいるようにも思えた。

六　『死の灰詩集』論争で得たもの

一九五四（昭和二十九）年十月に、現代詩人会による、『死の灰詩集』なるものが出版された。第五福竜丸事件によって、日本中に反原水爆運動がおこり、現代詩人会が抗議する詩作品をアンソロジーの形でだした詩集である。

第五福竜丸（ビキニ事件）の事件とは何か、概略を説明しておこう。一九五四年三月一日、静岡県焼津市を出港した木造のマグロ漁船「第五福竜丸」は、漁場を求めてマーシャル諸島海域にいた。マーシャル諸島のビキニ環礁はアメリカが核爆発実験を行ってきた場所である。アメリカ海軍はその日、「ブラボー爆弾」と呼ばれる水素爆弾の核実験を行った。この実験は、アメリカ自体の予想を上回る「死の灰」を降らせ、太平洋を放射能で汚染した。第五福竜丸の船員二十三名は、ビキニ環礁の中心から約一六〇キロ（当時の危険区域の外側三〇キロ）の至近距離で被爆した。アメリカ海軍は水爆実験を日本側に伝えてはいたが、その情報が各漁協には伝えられていなかったという。被爆した第五福竜丸は事件から二週間後、焼津港に寄港した。

船員全員が放射能症にかかり、頭痛、嘔吐、目の痛み、顔の変色、歯茎からの出血、髪の毛が抜ける等の症状がみられた。船体や漁具、積荷のマグロからも強い放射能が確認された。広島、長崎に次ぐ第三の被爆として、この事件は国民に深刻な影響を与えることとなった。

『死の灰詩集』はこの事件を契機に作られたものであり、全国から集めた詩作品およそ千篇のなかから百二十一篇を選んでいる。原水爆放棄と戦争絶滅を訴えたものであった。

反響はかなりあったようであり、第二回国際詩人会議において、安藤一郎が数篇を朗読し、英国詩人のスティーヴン・スペンダーという詩人が発言をした。その発言はどのようなものであったかというのは、「詩学」(一九五五年四月号)の「戦争・平和・詩」(堀越秀夫訳)という文章に記されている。部分的に引用する。

　私は原子爆弾の幾人かの犠牲者について八百人の日本の詩人が関心を懐いていることに強い感動を受けた。にもかかわらず私は、私たちの側の作家たちが彼等自身の心を捜し求め、真にいずれをなすべきかを自らに問い、詩の上でこれらのことに注意を向け、しかも確信をもつまでは発言を抑制しているように見うけられるのを嬉しく思つている。

また、『現代文学論争』(小谷野敦著、二〇一〇年、筑摩書房)という本には次のように記されている。

英国の詩人スティーヴン・スペンダーが「戦争と平和と詩」というエッセイを『ブリテン・トゥデイ』に発表し、これが日本の三つの詩誌に訳載されて論議を呼んだ。そこでスペンダーは『死の灰詩集』に触れて、感動を受けたけれども、一部の作家たちが、自分の本当の心を探し求め、確信が得られるまでは沈黙しているようなのを嬉しく思う、と書いたのである。

つまり、抗議に立ち上がった日本の詩人たちに感銘をうけたが、詩的に作品を書くことができるかどうか、確信をもつまで発言はしないことも賢明だ、というものだった。もっと端的にいうならば、抗議の詩を書くのはいいが、詩作品としてきちんとしたものをだしてください、ということだろう。そこで、いわゆる「死の灰論争」なるものがはじまったのである。まず伊藤信吉が「詩における社会性と芸術」という『死の灰詩集』についての一般的な肯定論を書き、次いで、鮎川信夫が「『死の灰詩集』の本質」という、つまりは批評文を書いたのである。それに対して、菅原克己、中島可一郎、藤原定、清岡卓行等が反論を書いた。そこには社会的主題と芸術性の問題も含まれており、「戦争責任論」の問題も微妙に関係してきている。戦争責任とは、戦争に加担して戦意を高揚させるような詩を書いた詩人、つまり戦争協力詩を書いた詩人たちにたいしての責任問題のことである。一九五五年に吉本隆明、武井昭雄らによって提起され、鮎川信夫も多くの発言をしている。

最初に記しておくが、この文章は「死の灰詩集論争」「戦争責任」の解明が目的ではない。目的は菅原克己という詩人が、論争に一枚加わっており、それ故に菅原本人の詩に対する考え方に変化が生まれたのではないか、という見解を示すことである。

まずは、鮎川信夫の「『死の灰詩集』の本質」という文章の概観をみておこう。

鮎川は、それまで、現代における詩人の社会的態度について、多くの場所で言及してきた。詩人の戦争責任についても同様である。そして、この「『死の灰詩集』の本質」においても、詩人の社会的責任について述べている。最初にスペンダーが発したことは当然のことだとして、その後直截的に結論から言及している。『鮎川信夫全集』第四巻（二〇〇一年、思潮社）から引用してみる。


あらかじめ結論を言ってしまえば、少数の例外作品（たとえば、英訳されたもの、その他若干）をのぞいて、『死の灰詩集』にあらわれたような詩人の社会的意識を分析してみると、それは、戦時中における愛国詩、戦争賛美詩をあつめた『辻詩集』『現代愛国詩選』などを貫通している詩意識と、根本的にはほとんど変らないということである。

いきなり、『辻詩集』『現代愛国詩選』と意識が同じだというのは、よほど、自分の論に確信を持っていないと発言できるものではないと思う。ちなみに『辻詩集』『現代愛国詩選』は共に、戦意高揚のために書かれた、戦争協力詩である。鮎川はさらに続ける。

つまり、これらの詩人に対するぼくの不満は、その詩意識が原子力時代にふさわしからぬ古臭いものであり、むしろ時代感覚、社会感覚において、「確信をもつまでは発言を抑制している」詩人のそれよりも、一段と低く、かつ鈍いものだということにある。

「確信をもつまでは発言を抑制している」は先ほどのスペンダーの発言から引用している。そしてその、「発言を抑制している詩人」よりもさらに、低く、かつ鈍いものだと揶揄している。これはなかなか強烈である。さらに鮎川の引用を続けてみる。

水爆の出現に象徴される現代世界の文明の背景を、立体的に理解しようとせず、うわつらで抗議やら叫喚の声をあげているだけのものが多い。そして、そのほとんどは、復讐心、排外主義、感傷に訴えようとしている。敗戦の影響は意外なところで、かつての戦争詩人たちの意識をむしばみつづけてきたようだ。

このように、鮎川は結論から先に示し、その後に裏付けとして実例をあげて論考している。

読んでいて、隙がないしっかりした文章である。この鮎川の発言に対して、菅原は反論を書いている。最初は「詩批評以外のもの」というタイトルだったが、掲載誌である『現代詩』の編集者が勝手にタイトルを「政治屋の手口」と変更して掲載してしまったとのことである。その編集者の無謀さにはあきれるしかない。その「政治屋の手口――鮎川信夫の論文を読んで――」であるが、ぼくにいわせれば、「菅原克己という詩人はこういう一面も持ち合わせていたのか」、という部分があり、微笑ましく感じたのが正直なところだ。

一部を用してみる。

―前略―鮎川の論文にはひどく失望した。詩論とは云えぬ粗雑なものであり、相手方を叩くための意識的なねじ曲げがあるだけで、問題を正当に発展させる誠意などは少しも見当らず、これをまっとうに取り上げるのはいささか気がひける位なのだ。―中略―何か、頭の中に、社会的立場にたつ詩人に対する、鮎川流の概念が出来上っていて、相手が何云っても耳に入らず平和といえば、おうむ返しに「アカだ」と答える、或る種の人間のような反射神経があるだけだ。しかも悪いことには一応の論理を組立て、もっともらしく解明して行くずるさを持っていることである。だからここで書くのは、鮎川論文に対する批判というより、「鮎川の手口」の分析といった方がいいのだろう。それをする以外に読みようのないしろものなのだ。

かなり激しい口調で語っている菅原がいる。たぶん、鮎川の主張である、「戦時中における愛国詩、戦争賛美詩をあつめた『辻詩集』『現代愛国詩選』などを貫通している詩意識と、根本的にはほとんど変らないということである。」に強く反発したのではないかと思える。

だが、この菅原の反論は、ぼくが引用した部分でもわかるとおり、最初から、菅原は鮎川に優ってはいない。それは、すでに菅原自身が、「鮎川論文に対する批判というより、「鮎川の手口」の分析といった方がいいのだろう。それをする以外に読みようのないしろものなのだ。」と、なかば反論を避けているからだ。論に反論するならば、理論について看破しなければならず、ただ相手の方法を分析しても、何の役にもたたない。

さらに菅原にとっては、鮎川のがっちりと組み立てられた『死の灰詩集』の本質」論を壊すことなど、面倒な作業だったにちがいない。それよりまずは一言、いっておかなくてはならないという感情が先に立ってしまったのではないだろうか。菅原の「政治屋の手口」をもう少しみてみよう。

鮎川は物の成立、その過程を見ず、現象的にしか判断をくだせない。いや、現象的というより、鮎川流の色眼鏡でしか物が見られないのだ。『死の灰詩集』にあびせた悪罵は、そのことを物語っている。

この引用でもわかるとおり、菅原は、鮎川の論の持っていきかたがおかしい、色眼鏡でしかみることができず、正当な判断ができていないのだと注文を付けている。さらには、菅原自身が、『死の灰詩集』には欠陥があったと認めているようなことも書いているのだ。その部分を引用してみる。

—前略—伊藤は、その前すでに、『死の灰詩集』の未熟さ、欠陥を認め、もっと問題を深めて、「それゆえ『死の灰詩集』の作品が未熟だということは、方法論的力量が不足であるとともに、私どもぜんたいに共通する死の灰の問題が、それぞれの詩人の生活的体験として十分に成熟せず、それゆえに詩的体験としても不十分だということなのである。」と社会的なテーマに取り組む詩人たちの一般的な欠陥を示唆しているのだ。鮎川は故意としか思われぬ態度で、伊藤の云っている重要な点をすべて落とす。

伊藤が先に発表した「詩における社会性と芸術性」という論考によって、『死の灰詩集』には、社会的なテーマに取り組む詩人たちの一般的な欠陥があるといっているのにもかかわらず、それを無視した論法で鮎川は書いていると、菅原は鮎川にいっている。

これは裏をかえせば、菅原自身が『死の灰詩集』には欠陥があったのである、と認めていることになるのではないだろうか。

この文のあとに菅原は、『結核療養者詩集』『日本ヒューマニズム詩集』『松川詩集』『いのちの芽』『風に鳴る樹々』というアンソロジーに対しての鮎川の論を持ちだして、次のように鮎川のことを書く。

—前略—これらのアンソロジーに表明された国民の感情そのものが嫌いなのだ。その人たちが生きて行くために必要としている詩、集団的にしか発表出来ない詩がいやなのだ。だから超階級的、歴史的な詩人というものを設定し、社会的矛盾に対して詩をかくれ蓑のように利用するのだ。

つまるところ、かなり感情的に書いている文章であって、菅原が鮎川論を完璧に打ち崩すことはできなかったように思う。それはそのはずで、『死の灰詩集』は、その意図的なことはまた別問題として、詩の技術、芸術性においては、かなり低いレベルであったことは事実である。ぼくも国会図書館のデジタルライブラリーで閲覧してみたが、もちろんすべてではないが、ある程度は鮎川の指摘通りのものであることは間違いなかった。

ということは、菅原にしてもそれは十分に承知であったはずである。しかし、菅原としては鮎川の口調は許せるものではなかったため、「政治屋の手口」が書かれたのだとみるべきではなかろうか。

菅原は第一詩集のあと、左翼的傾向の強い詩を書いている。「二つの穴」「イ・ヴェ・スターリン」「日鋼赤羽工場」「わが町細胞員」「九月二十三日」などである。ほとんどの詩は、軽薄というか、考えられていないというか、直截すぎるというか、ただ感情の赴くまま書かれたような詩であり、どうしても評価できない。ぼくはこのような菅原克己は好きではない。

栗原澪子の『「日の底」ノート他』（二〇〇七年　七月堂）を読むと、菅原が栗原に対して語った貴重な言葉がある。詩集『日の底』について話したことである。その部分を引用してみよう。


「この詩集はね、表現というところでぼくはとても苦労して、もう一度、詩というものにぶっつき、ぶっつきしながら書いたものですよ」「ぼくには、どこかオッチョコチョイのところがあって、調子に自分で乗ってしまうようなところがあったの……」

依頼されると、新聞記事のようにホイホイと詩をまとめ上げるようなこともした。そんな時に『死の灰詩集』が出て、これをめぐる論争が起き、「ぼくもそこに入って鮎川信夫との応酬になった。その論争を契機にたいへん考えさせられるところがあり、自分の詩の方法というものを見つめ直すきっかけを与えられた」と。そのような意味を語られたのだった。


この栗原澪子の『「日の底」ノート他』にある、菅原の言葉から推測していけば、「死の灰詩集論争」の後、詩人として詩を書いて発表していくという行為に関して、菅原は次のように考えたといえる。

第一に、「死の灰詩集論争」を受けて、詩というものは、行き当たりばったりむやみやたらに書かれるものではないということ。第二に、自分自身、最初の詩集を発表して以来、頼まれた詩に対して、すぐに反応して書きすぎたような面があったのではないかということ。第三に、ならばこれからは、もっと、真摯に自分の言葉にぶち当たりながら、深く物事を考えて書いて行かねばならない、ということの三つである。つまり、今までの自分の詩の書き方というものを、強く自省したということだろう。

詩を書くという行為を振り返ってみたとき、どんな作品においても、それは「すばらしい詩」になりたいと、詩、そのものが願っているのである。ただそれには大きな難関がいくつもある。詩を作るときの技術的な面からいえば、たとえば、抑制された悲しみがなければならないとか、印象的な一行がほしいとか、美しいイメージが盛り込まれていたほうがいい、とか、数え上げたらきりがない。また精神的な面からいえば、物事を確実に捉える描写力であるとか、客観的な視線であるとか、イデオロギーなどもそうであり、人と違った感性、などもそうであろう。事実、ぼくも詩を書くためにはどうすればいいか、手探りで考えながら書いてきて、いろいろな壁にぶつかった。菅原はこの論争を通して、いや『死の灰詩集』を通して、詩とは何か、をまた一からみつめ直したのである。

菅原はこの鮎川の「『死の灰詩集』の本質」を読んで、かなり憤りを感じ、反論を書いた。だが、それは、自分でも感情に任せて書いてしまったものであったことは、よくわかっていたのではないかと思う。さらに付け加えれば、菅原は鮎川の意見に、真実をみてしまったのではないだろうか？　つまり、菅原は鮎川の論が正論であることがわかっていた、と思うのである。

もちろん、最初に鮎川論を読んですぐに同調したなどとはぼくも思わない。逆に、菅原は憤ったのだ。怒ったのである。だから「政治屋の手口」を書いた。また、『死の灰詩集』に参加した詩人たちの気持ちだけは間違っていなかったと、かばいたかったので反論を書いたのだ。だが、どうにも鮎川の方法論は嫌いだが、事実、述べていることは、もしかしたらその通りなのではないか、（戦時中の、愛国詩、戦争賛美詩の意識と、根本的に変わらない、も含めて）と考えたのかもしれない。そこで、先の反省に繋がっていったのではないだろうか。

詩作品を世に問うということは、なんと大切なことかと思ったことや、自分も、もっと言葉と直接向き合っていかなければだめだ、という気持ちに自然に傾いていったことなどは、そう考えれば自然な成り行きかもしれない。そして、詩の依頼によって、即座に書き下ろす、そういった詩の書き方は、どこかに本来の詩をなくしている、と考えたにちがいない。深く思考する、自分をみつめなおす。そして自分の作品をしっかりとしたものとして残しておく。つまりは詩自体が持っている、詩としての価値にまで作品を昇華させる、そんなことが大切なのだ、ということをこの論争から学んだに違いないのである。

ある意味、それは皮肉にも、敵？　であった鮎川信夫という詩人から教わったのではないだろうか。

七　サークル詩との関わり

第二次世界大戦後の詩の表現の豊かさは、例えようもないくらいすばらしい世界だと感じている。戦後詩と呼ばれた作品群を読んだとき、人間の偉大さに触れたような気がした。鮎川信夫をはじめとする、田村隆一、中桐雅夫、黒田三郎、北村太郎など、詩誌「荒地」の詩人たちの作品群である。だが、ぼくには、菅原克己という詩人がいた。菅原は新日本文学会に所属し、「荒地」と並ぶ戦後の代表的詩誌「列島」の同人であった。当然そちらのほうも気になってくる。長谷川龍生、長谷川四郎、秋谷豊、関根弘、黒田喜夫、木島始、出海溪也、浜田知章、等々なども読んでいく。

「荒地」「列島」だけが、戦後詩の中心でもないが、フラットな姿勢で現代の詩を眺めてみることは必要だ。そこで見直されなければならない問題として、一般市民の詩について、ということがある。それはとりもなおさず、ぼく自身が一般市民だからである。小さな市の公務員として毎日働き、団地の小さな一部屋に住み、妻と子どもを養い、小さな詩を書きながら生活してきた。いまでも同じ生活をしている。ぼくは、難しい言葉を使って論文を書ける大学教授詩人でもなければ、影響力のある言葉を発する評論家詩人でもない。詩が好きだというだけで書き続けている、ただのおじさんである。そのおじさんは若い頃、一生懸命に詩や詩論を読んだ。だが、難解で理解できないものが多かった。これがわからないぼくはもしかしてバカなんじゃないだろうか、ぼくみたいな人間は詩など書いてはいけないのじゃないだろうかと思ったものだ。ぼくのような人が詩を書くことの意義はどこにあるのか。ぼくでも詩を書いていいのだろうかと、真剣に考えたこともあった。そんな不自然な疑問さえ湧いてくるのである。

詩はだれにでも開かれている文学であるべきなのだ。いいや、詩に限らず、文学はどんな人にも開かれているものなのだ。アカデミックなものだけではない。詩の精神をつかまえ、言葉として表出させ、新しい言語世界を創ることが詩であり、それは人間である限り誰もが表現していいことなのである。

現在ぼくは、かなり高齢なかたたちと詩の勉強会を開催している。ぼくを入れて全部で八名程度しかいない。二か月に一度、つまり年に六回ほどだが、各自詩を持ちより、書かれた詩に対していろいろな角度から意見の交換などをしたりしている。これはぼくの勉強の場でもあり、コミュニケーションの場でもある。このような活動を経験しながら、詩の歴史を勉強したとき、過去に、サークル詩の活動、それも、かなり活発な活動があったことを知った。また、菅原克己も、住んでいた調布市で詩のサークル的活動をおこなっていたし、自身で「サークルＰ」というグループを作り、雑誌も発行していた。もちろん、新日本文学会という母体があってのことかもしれない。ともかく、詩を書く運動体のなかにサークル詩、というものが存在することを知った。一般市民が詩を書くという上で、大きな意義があるものだと思った。ぼくは一九五九（昭和三十四）年生まれであり、戦後サークル詩の活動を知らない。詩を書きはじめた一九八〇年代半ばごろは、ほとんどサークル詩活動は下火になっていたからである。菅原克己のことを調べるうちに、菅原がどのような考えでサークル詩に関わったのかぜひ知りたいと思った。

サークル詩に関する具体的な資料として、まず挙げたいのが中村不二夫の『戦後サークル詩の系譜』（二〇〇三年　知加書房）という本だ。続いて『戦後サークル詩論』（二〇一四年　土曜美術社出版販売）がある。これは『戦後サークル詩の系譜』の増補改訂版である。それから先に挙げた『列島』には特集として取り上げている号が何号かある。また、『新日本文学』においてもときどき言及されている。最近では、『詩と思想』二〇一八年九月号において、「特集「野火」とサークル詩」等、数多くある。

ただこの文章は、サークル詩についての考察ではなく、菅原克己における、サークル詩の意義を考えていくものだ。あくまでも菅原の詩を考えていく上でのサークル詩の考察として読んでほしい。

昭和三十一年、東京都世田谷区北沢に住んでいた菅原は、調布市に移り住む。四十五歳のときである。現在の調布市といえば、自然が多く都心にも近いということでかなり人気の高い町であるが、当時はどのようなところであったろう。田んぼがあり畑があり、深大寺で有名な場所。のどかであり、きれいな空気に満ち溢れていたことだろうと思う。菅原は前年より、新日本文学会、日本文学学校の講師を務めるようになっている。

昭和三十年頃から五十年頃までの約二十年間は文学学校の講師として、また公務主任（副校長）として日本文学学校に力を入れていて、そのかたわら、主要な詩集を出版したり、詩の教室の講師をしたり、あまりの忙しさに胃潰瘍にもなって胃の摘出手術をおこなうなどもあったが、働き盛りの時期であった。

昭和四十年の六月には「サークルP」が、また翌年「綴り方教室」が発足する。文学学校生たちと詩誌を創刊したりするのは、もっと若い世代の人たちに詩を読んでほしい、書いてほしいという願いがあったからではないだろうか。

詩人たちが集まって結成する、同人雑誌という形態があるが、サークルとは基本的には趣を同じにしない。同人雑誌はお互いがお互いを意識しあい、緊張感を持ちながら作品の上で競い合い切磋琢磨していくものであろう。またそうでなければやっていく意味がない。だから同人どうしぶつかり合ったりもするため、長くは続かない場合が多い。

サークルはどうであろう。もちろん緊張感がない場所だなどとはいわないし、緩慢な場所であるなどとも思っていない。ただ、そこには一つの調和なるものがありそうだ。人と人との繋がりを大切にして、自分を磨いていくような感覚だろうか。ただ、導いてくれる先達が必要となる。先生と呼ばれる存在だが、実力はあっても権威は必要としない。菅原はいわばそんな導き手を引き受ける覚悟であったのだと思う。一般市民の書くものがどのようなものであるか、それがどのくらいすばらしいものか、菅原自身が感じ取りたかったのかもしれない。市民の書くものはまた自分の詩を向上させる一つの手助けになるとも考えていたのであろう。

中村不二夫著『戦後サークル詩論』を読むと、そのなかの「サークル詩の起源と創造」の冒頭に宮本百合子の「歌声よ、おこれ」が記されている。中村の言葉を借りれば、「戦後サークル詩の系譜をみていく上で、つぎの宮本百合子「歌声よ、おこれ」(「新日本文学」創刊準備号・一九四六年一月)の提唱は重要である。」と記されている。ちなみに、中村不二夫の『戦後サークル詩論』は、最近まったく論議されることがなかったサークル詩に光を当てたものであり、貴重な著作だと思う。まずは、宮本百合子の「歌声よ、おこれ」を「新日本文学」創刊準備号より引用したい。

―前略―民主なる文学といふことは、私たち一人一人が、社会と自分との歴史のより事理に叶つた発展のために献身し世界歴史の必然な動きを胡魔化すことなく映しかへして生きてゆくその歌声といふ以外の意味ではないと思ふ。

そして、初めは何となく弱く、或は数も少いその歌声が、やがてもつと多くの、全く新しい社会各面の人々の心の声々を誘ひ出し、その各様の発声を錬磨し、諸音正しく思ひを披歴し、新しい日本の豊富にして雄大な人民の合唱として行かなければならない。―後略―

この提唱文を受けて、中村は次のように続ける。『戦後サークル詩論』から引用する。

こうして詩界全体の敗戦処理がはじまる中、宮本百合子は戦後文学の新しい担い手として、これまでの翻訳者を兼ねたアカデミック系の詩人、新聞・雑誌の誌面を独占する一部のエリート詩人に代わり、つぎなる文学の一大勢力として市井に潜む労働者層を指名したのである。政治的側面からみれば、来たるべき革命運動の同志たちに向けて「歌声よ、おこれ」と呼び掛けたのである。

そして、そこで呼び掛けられた労働者たちが、真の民主主義というユートピアの樹立をめざし、同時に新しい国作りの主体として、宮本の主張を支持することに何の躊躇もなかった。そして、彼らは文学活動の実践を通し、戦後日本の民主化運動の推進勢力、すなわち労働運動の体現者乃至開拓者として戦後詩界に浸透していった。その後サークル詩は、時代状況の変化に押されて激しく変容していくが、ここでの宮本の「歌声よ、おこれ」に呼応した民衆たちの文学的姿勢はつねに変わらずにいた。

この文章からみえるものは、戦後の文学は労働者たちによって任せられた。つまりそれは新しい国作り、真のユートピア作りのためである、ということになろう。いいかえれば、革新政党、この場合は日本共産党であるが、戦後民主化を推し進めるために、みんなで声をだし、つまりは、文学という作品群のなかから新しい国作りを目指そうというものなのだろう。中村はこの論のなかで後述し、はっきりと書いているが、このような文学概念もまた見直さなければならないといっている。つまりはサークル詩というのは、確かに当初は政党の、ある意味で戦略として生まれてきたものではあるが、基本的には文学活動として存在するものであるため、もう一度、その価値（フランクルの思想から借りれば態度価値）を確かめてみなくてはならないということなのだ。その箇所を同書から引用してみよう。

サークル詩を検討する際、当初のサークル運営が日本共産党系の組合主導で行われたこともあり、そこには労働運動における階級意識がきわだっていたという側面がある。つまり、彼らは文学活動を通し純粋に個としての解放を目指したのではなく、政党が戦後の民主化運動を推進するための貴重な傭兵とみていたことである。――中略――いずれにしても、現在まで、サークル詩運動＝労働者の階級闘争という括りで、その活動がこれまで正当な文学運動として論議されてきていない。こうした見方も是正していく必要があろう。

サークル詩は当初、詩を書いていくという目的のほかに様々な政治的な動機が潜んでいた。

しかしその後は政治的な観点より文学の自立という点にサークル詩は焦点が移っていくのである。ぼくが考えるには、これは当然の結果なのではないかと思える。それはやはり、個という問題があるからだ。つまり、詩を書くという動機の根源は、すべてその個人の内部に由来するのである。詩に社会性は根本的に持ち得ているものとしても、詩を書く個人の動機のすべてが、政治的なものへと結び付くことはないだろう。もちろん意識的に内容を政治的、社会的意識に変貌させていくことはあるにせよ、どうしても、文学的、芸術的要素が必要になってくるからである。ある意味、サークル詩において、そのどちらを選択するかという意味合いにおいて、いくぶんかは社会性を孕んだ詩になろうとも、政治的動機は薄らいでくるのは必至ではないだろうか。

もう一つ重要なことは、サークル詩の目的が、宮本百合子の提唱によって一般市民に書く行為を求め、労働者たちによって受け入れられたことだ。もちろん目的には、政治的イデオロギーが含まれていたという事実はあるにせよ、労働者が文学を手にするということは一大ムーブメントなことであったであろう。多くの職場でサークルができ、雑誌が作られ、詩、そして小説が書かれたのである。詩、および文学の底辺は確実に広がっていった。それまで、一部のインテリゲンチャで占められていた詩の領域が、ここで一気に広まった功績はおおきいのだ。これを戦後詩史のなかに組み入れないで考えることはできないだろう。先ほどの中村不二夫著『戦後サークル詩論』「Ⅶ戦後サークル詩の評価と意義」のなかから、関根弘の考え方についてこのような記述がある。

関根は、サークル詩に政治と芸術の統合という高度な技術の修得を求めながら、それには段階があり、当面は書く行為そのものが大事なのだと述べている。この関根の二段階理論はサークル詩を見ていく上で重要である。なぜなら、それは現在でもそうだが、たいていの論者は、専門家とサークル詩人、言語詩と生活詩、芸術派と社会派、これをはじめから色付けし分けて考えていて、ほとんど関根のような柔軟な思考がない。―中略―専門家だけで系列化された戦後詩、そこにどれだけの歴史的な真実があるのか。私はここでサークル詩を論ずるにあたって、関根の二段階理論を尊重していきたい。

また、この著書のなかで中村不二夫は、野間宏の考えも列挙している。それは、サークル詩人は文学愛好者であって、サークル詩人が専門家詩人になったときはすでにサークル詩人とはなり得ない、ということだ。つまりサークル詩人はサークル詩の枠から脱し切ることはない。脱したものは専門家詩人となりサークル詩人ではないという考えだ。どちらの考え方もあるだろうが、政治と文学のはざまにたって、サークル詩は変容していった。政治的なものから文学的なものへと、統合されていったといってもいいかも知れない。

現在、カルチャーセンターでの詩の講座や、各地で開かれている、有名詩人による詩の講座は、すべてこのサークル詩の後継、もしくは亜流ではないだろうか。現在では、カルチャーセンターや各種講座から、多くの詩の賞の受賞者がでていることをみてほしい。この事実とサークル詩の関係を切り離して考えることはできない。

さて、サークル詩の問題を考えてきたが、これは菅原が「サークル詩」や「サークル運動」に対してどのような考えを持っていたのかを知るための基本的なものだ。いままで書いてきたことを念頭に置いて、菅原はサークル詩に対してどのような関わり合いをもってきたかをみてみたい。

菅原は一九四七（昭和二十二）年に日本共産党に入党している。そして一九六一（昭和三十六）年党批判で除名処分されるまで十四年間を党員として活動してきた。日本文学学校が開校されるのが、一九五四（昭和二十九）年。日本文学学校が新日本文学会の付属学校として運営されるのが一九六二（昭和三十七）年である。一貫して菅原は文学学校に関わり続け、その間、新日本文学会詩委員会発行の「現代詩」、新日本文学会の「文学の友」、その後の「生活と文学」、同人誌「河」などに参加している。「サークルP」が一九六五年、綴り方教室が一九六六年にはじまっている。四十代から五十代にかけての一番精力的な時期だったとしても、すごい働きようである。

今、ぼくの手元に、一九六〇（昭和三十五）年二月の「新日本文学」（第十五巻二号）のなかの菅原が書いた文章のコピーがある。タイトルは「変貌する労働者の詩」というもので、サークルで発表された詩を題材に、サークル詩、およびサークルについて論じている。菅原は四十九歳、第二詩集『日の底』（一九五八年、飯塚書店）をだした後である。菅原がサークル詩をどのように捉えていたのかが如実にわかる。その文章から引用してみる。

サークルは組織といっても、物を自由に書くというところで人が集まったものにすぎない。それはどんなすぐれた詩人でも、過去にやってきたケースなのだ。戦後はただそれが、労組が大きくとりあげたり、労働者の解放というところで結びついたり、あるいは、戦前と比較にならぬ程の民衆の文化や芸術に対する自覚の高まりが見られるだけなのだ。それは結果としてはもちろん充分価値があり、それだけで論じられることなのだが、問題はすべて、今ペンを持って、それぞれのイメージを書き悩む小さい一人のサークル員のところまで戻ることが肝心なのだ。ぼくはサークル論をするためにサークルに行くのでなく、そこでの詩を見るために行くのだ。

非常に明快というか素直というか、直截的に自分の考えを述べている文章だと思う。とくに、「サークルは組織といっても、物を自由に書くというところで人が集まったものにすぎない。」というところや「今ペンを持って、それぞれのイメージを書き悩む小さい一人のサークル員のところまで戻ることが肝心なのだ。」というところだ。

よく考えてみれば、当たり前すぎるほど、当たり前なことかもしれない。物を自由に書く、つまりそこには政治的イデオロギーも何もないのだ。物を書くために悩む、一人の人間がいるということ。詩や小説を書くことは、それだけで悩みのカタマリかもしれない。悩みを突き抜けたところで一篇の作品が生まれるのであって、悩まずに書けるのは天才しかいない。菅原は一人のサークル員のところまで戻ることが肝心だという。同じ立場に立つこと、悩みを共有し同じ目線にたって考えてあげること。そこでの詩をみるために、サークルに行くという菅原の姿勢を好ましく思う。同じく「変貌する労働者の詩」のなかにこのような文章もある。

ぼくがサークルについて思うことは、サークル員にとってサークルは過程にすぎないということである。それは組織としても完璧なものでもなく、文学のサークルといっても、いわゆる文学的なものではない。ただそこには作品を書きたい人、書く人がいるだけである。そして、ぼくがそこにゆくのは、ぼくも作品を書く一人であり、そこに仲間がいるからである。そして、彼らがどんなことを発見しようとしているのか、ぼくらの知らない方法でどう書こうとしているのかが、何時も興味を持っているからである。百の作品を見て、その単調さを辛抱しなければならぬこともあるだろう。しかし、何時も思うのだ、詩壇とか文壇とかにない、あるひそやかな生き生きしたものにこの民衆のグループではぶつかるだろう、と。そして、それは事実ぶつかるのだ。

詩壇、文壇にないもの、とは何だろう。あるひそやかな生き生きしたものとは？　菅原はそれにぶつかることがあるといっている。サークルにおいて、それがみつかるといっているのだ。サークルは組織として完璧ではなく、文学的でもないという。サークルにでかけていく人は、作品を書きたい人、なのだ。菅原がでかけていくのは、書く人間であることと、書くための方法論をみつけるためだという。作品を書くためだけの素直な心が確実にある。そこには、政治的なものなどなく、金銭的な関係もなく、わずらわしいできごとも関係ない。ましてや専門家詩人になろうという気持ちなどもないかもしれない。作品を書こうとするもの、作品を作品たらしめる方法論を考えること、すべては個人の作品に対する、飽くなき探求心だけなのである。そして仲間。組織的でなく文学的でなく、仲間的とでもいうのであろうか、一種の連帯感か。一つの目標、つまり「書く」という行為において集まったひとつの共同体的なものなのだろう。それが菅原のいうサークルなのだろうか。つづけて、「変貌する労働者の詩」から抜きだしてみる。

サークルは運動として全国的にみたなら、概括的にもいえるだろう。しかし、その文学は個人個人の場まで戻らねばならぬ。その人たちの個性、いろんな成長の差異、努力、感性の度合、対象にふれて反応を示すあのもっともヴィヴィッドな、実作者なら誰でも経験するところの作品以前のボウバクたる気持にまでふれなければならぬとぼくは思う。──中略──くり返すようだが実態はそこのサークルの個人個人にある。それは、その成果がどんなに幼稚であろうとも、まったく普通の作家、詩人と同じ仕事の上に立つ。ぼくらはむかしを振り返って、書き初めのころのことを思いだせばいいのだ。

なんとやさしい文章だろう。作品は個人のなかにあって、作品を書こうと思った原初まで、一緒に戻って考えてみよう、と菅原はいっている。「実作者なら誰でも経験するところの作品以前のボウバクたる気持」そこまで立ち返って考えてくれる評者が今、どこに存在するだろうか？　つまり菅原自身もそうだった、どんな作家や詩人だって、書き初め、いや作品に立ち向かうときはだれだって同じ気持ちだったのではないか、ということなのだ。この「変貌する労働者の詩」という文章は、引用の詩作品も数篇あり、その解説もおこなっているが、最後は次のように締めくくられている。

ぼくはサークルの人たちに関しては楽天的だ。ぼくはサークル論議のなかで、サークル外の人たちが、「組織づくり」「人間づくり」の対象として、サークルを問題にしているのを、何度も読んだことがある。しかし、組織をつくる人はぼくらではなくて、実にそこの部署にいる人たちなのだ。また、誰が自分以外の人のところに行って、そこの人の「人間づくり」

をすることができよう。ぼくらにできることは、ぼくら自身がそこにでかけ、文学者としての対等の地位で、詩なら詩の話をかわすだけなのだ。そこで彼らは何かその不足しているものを取りだすことが出来るだろうし、またぼくらも、彼らから得るものを得るだけだ。そして、サークルの人たちおよびぼくらは、そういう仕事に値するだけの未来を持つ。ぼくは何時でもそれを確信しているのだ。

菅原の健全たる文学精神がここに表れていると思う。菅原は先にも書いたように、日本共産党にも入り、思想的には完全に左翼であろう。ただそれは、政治的な思想は左翼ではあるが、文学にあてはめて考えてみるとまたどこか違うものなのだ。この文章のなかでも先に論じてきたように、サークル詩運動は政治的策略のもと、労働者に詩を書かせ国の機構にも変革を及ぼしていく運動体として機能することを予想し、期待していたに違いない。新日本文学にしてもある意味ではそうだったかもしれない。だが、文学はもともと個人に帰するものである。最終的には個人の問題になってくる。菅原はその個人を尊重してきた。サークルにおいて勉強し、専門家詩人になるとか、ならぬとか、そういうことは問題にしなかった。常に作品、菅原にすれば、詩をいかに書くか、ということだったのだ。新日本文学がサークル詩を推奨し、会社内で組織が結成され、サークルができあがる。しかし、そこから生まれた作品は、すばらしい国家を作るためのものでもなく、革命をもたらすものでもないことがよくわかっていたのだ。文学はもともと個人のなかで芽生えるものであり組織のためのものではないからなのだ。

詩壇とか文壇とかにない、あるひそやかな生き生きしたもの。菅原克己は常にそれを求めていたに違いない。ぼくにいわせれば、それこそが、現在の詩に足りないものなのではないだろうか。

八　日本文学学校と「サークルP」での菅原克己

日本が第二次世界大戦での敗戦を経験した後、文学関係ではすぐに、新日本文学会が立ち上がった。これはプロレタリア文学運動に携わっていた作家らが集まったもので、その中心には宮本百合子や中野重治がいた。

この新日本文学会は一九四六（昭和二十一）年の一月に「新日本文学」の創刊準備号をだし、三月に創刊号を発行する。創刊準備号には宮本百合子の「歌声よ、おこれ」という声明文がのり、社会で働く労働者が声を発し、文学において、新しい民主主義の国を創っていこうという気運が高まった。

日本文学学校は、一九五四年に開校された。この文学学校は共産党の指導でおこなっていたが、一九六二年四月から新日本文学会に統合される。そのときの、校長が野間宏、そして副校長が菅原克己であった。

新日本文学会の歴史をみると、どうしてもイデオロギー的に共産党との縁は切れない。新日本文学会は、解散まで六十年を通して、労働者を中心とした文学の創造を標榜してきたけれども、政治と文学とを合わせた理想の世界はある程度、整ったのであろうか。結果はわからないが、だからといって、ぼくは、この新日本文学会に対して、否定的ではない。戦後いち早く目標を掲げ、文学を一般庶民（労働者）に普及させた功績は大きい。政治と文学の関係については、鎌田慧が『「新日本文学」の60年』（鎌田慧編、二〇〇五年、七つ森書館）の「はじめに」という文章で、次のように述べている。

新日本文学会には日本共産党のイメージが強かったんですけれど、それは六〇年代には完全に払拭しました。払拭っていうか、無関係になってました。―中略―新日本文学会の有志は、「さしあたってこれだけは」という形で、第八回共産党大会にむけて批判の「意見書」を出して除名処分になっています。六〇年の安保闘争を経たあとに、新日本文学会は共産党の運動から自律した文学運動体となり、だからこそ、いままで存続してきたのです。

政治と文学の関係でいいますと、戦後の出発以来、党員作家が多かったこともあり、共産党が直接支配する傾向とのたたかいでもあったのです。が、ようやく六〇年安保闘争を経たあと、共産党と決別して、労働運動ばかりか、市民運動や住民運動とともにある、という形で運営されてきました。夜の文学学校にやってくるひとたちのエネルギーを受けて、活性化したのです。

菅原は、一九五四（昭和二十九）年に日本文学学校が開校された翌年に講師、校務委員となる。一九六二年、共産党と離れ新日本文学会の付属校になってからは副校長とチューターを勤め、一九八三年に引退するまで二十九年間もの長い期間在籍していた。この間、共産党からは除名処分を受けていて、もはや党員ではない。

非合法時代に、ガリ版刷りの「赤旗」を刷っていた詩人は、文学学校において、政治と文学の関係をどのように捉えていたのだろうか。「新日本文学」（一九八三年十月号）の特集、「民衆的創造の拠点へ――文学学校の30年」というところで、「思いつくままに――日本文学学校と詩の三十年」と題して、菅原克己が文章を寄せている。そのなかに次のような記述がある。

文学学校といっても、夜学で、本科はわずか半年、創作科を通して一年という短い期間のことだ。ここでどれほど詩とか、文学の本質をつかむことができよう。よき生徒は、何度も留年して励んでくれるが、すべては卒業後の長い努力にかかっている。―中略―ぼくは、半年、一年の詩の組会を、いわばデッサン科だと思っている。

この文章から察すると、菅原は文学学校において、文学の本質をつかんでほしいと願っていたのだといえる。ただそれはなかなか無理な話で、デッサンを学ぶほどの期間であると思っていたようだ。そこには政治的イデオロギーはどこにも感じられず、どうしたら生徒が本当の詩を書けるようになるのか、詩とは何なのかをつかんでほしい、というその一念があるだけだったのではないだろうか。

菅原克己というと、どうしても左翼的イメージがついてまわる。だが、ぼくは長らく菅原の詩を読んできて、純粋に詩という文学を愛したということと、生活のなかから詩をみつけだし、生きる喜びを感じていた人なのであったといいたい。生活のなかから詩をみつけだすということは、その人の思想も当然反映してくる。菅原はマルクス主義に感化されてきたのであるから、当然その思考の裏には影響がでるのは当たり前であろう。ただ、そのイデオロギーを詩に転化応用しなかった。純粋に詩の本質を求め続けたのである。ただ、菅原がプロレタリア詩ばりの勇ましい詩を書かなかったのかというとそうではない。菅原は、プロレタリア詩も書きたかった。実際に書かれたものもある。だがそれは、彼の詩にはならなかった。或る時、プロレタリア詩のようなものを気張って書き、それが師である中村恭二郎に見つかって、叱責されたエピソードもある。つまり、菅原にとって、大きな声を張りあげて思想を歌いあげることは、詩に相当しなかったのである。

菅原にとっての詩の本質とは、ある一面、労働者からの声であった。自らも汗を流す者であり、労働する立場から詩を捉えていきたかったのであろう。昼間働き、疲れを引きずりながらも文学としての場を探し、勉強（話し合い）の場を求めてくる文学学校の生徒。それら生徒のナマの声を聞きたかったにちがいない。当時の文学学校ではかなり過激な生徒もいたのではないかと推測する。学生運動その他、革命などに情熱を燃やしていた人たちもいただろう。あらゆる活動に自分なりの理想と思想を持ち、情熱を文学に反映し、社会を動かしていこうという考えが強かった人もいたはずである。恋愛、病気、その他いろいろ悩みを抱えた生徒たちも含めて、詩を通して語り合いたかったのが菅原の本音であると思う。「新日本文学」（一九七七年十月号）の〈特集、運動のなかの自己教育〉の「思いつくままに――日本文学学校に関して」という文章では、菅原はこのような感慨を残しているので記しておこう。

―前略―文学学校は青春の学校なのか。ただ生涯の中に思い出をきざみこむだけのものだったのか。――それはそれでいいのだけれど―中略―いささか回顧的になったが、ただぼくは、文学というものが、学校以外の長い年月のなかで、その人の実生活の上に、どんな作用をおよぼしているかが知りたかったのである。―中略―ぼくはクリエート（創造）ということを、ただ文学や学校の問題としてとどめずに、実人生の闘いの上での、精神上の強い基礎として、生徒に伝えたかったのだが……。

さて、ここからは、調布時代の菅原を追いながら、その詩を探っていくこととする。
生まれてから亡くなるまで、いちども引っ越しを経験しない人はまずいないであろう。菅原克己も年譜をたどると、5～6回ほど引っ越しをしているようだ。ただ、その転居は、父親の死に関連したことや、戦禍のなか、焼けだされたということもあるようだ。調布には昭和三十一（一九五六）年にやってくる。四十五歳のときである。その前年に、日本文学学校の講師となっていて、また、『死の灰詩集』論争があった年でもあり、詩作にも変化が表れた時期でもあった。菅原はこの場所に移り住んでからは、特に引っ越しはしていない。調布という地に地盤を固めたのである。先にも記したように、昭和三十七年に日本文学学校が新日本文学の付属になってから以降、文学学校の生徒や卒業生を中心とした「サークルＰ」を結成する。これが昭和四十年のことである。のちには調布市の「綴り方サークル」（昭和四十一年）、「暮しの中の詩サークル」（昭和四十八年）が結成され、終生講師を務めることとなるのである。

ぼくはこの「サークルＰ」こそは菅原克己の詩の基盤ではないかと考えている。もともとは鮎川信夫を委員長とした「現代詩の会」の機関紙「現代詩」が解散したことから詩誌「Ｐ」の発足に至る。「現代詩大事典」（二〇〇八年、三省堂）で「現代詩」の項（佐藤健一執筆）を引くと、次の記載がある。

一九五四（昭二十九）年、新日本文学会詩委員会の責任編集で百合出版から創刊。―中略―編集後記で「詩と詩人の統一戦線」の狙いを語る。サークル詩や児童詩、教師の詩精神を扱い特色を出す。―中略―五巻七号（五八・七）で飯塚書店に移す。これを機に新日本文学会機関誌の性格を「解除され」（関根「編集ノート」五八・八）、次の八号から荒地や櫂等の詩人も合同した「現代詩の会」（委員長は鮎川信夫）機関誌となる。

この事典ではいつ終刊されたかの記載がないが、年譜によると、昭和三十九（一九六四）年十月に「現代詩の会」は解散している。すなわち、菅原はこの「現代詩の会」がなくなったことによって、「サークルP」を発足させたとみてよいだろう。その真意は、創刊号に載せられた「サークル・P　参加のよびかけ」という菅原が書いた声明文に表れている。全部は引用できないが、その最初の部分を掲載しよう。

長い間、わたしたちは詩人の気楽な集団と、その雑誌をつくりたいと考えてきた。—中略—才能のある若い詩人が詩作から遠のき、むなしく日常の生活にうずもれてしまうのを、心ならずも見送るようなことがしばしば起きた。／／これは残念なことである。わたしたちは、これら詩壇の外にある無数の詩人たちのエネルギーを結合したならば、現代の詩の上で、かならずハツラツたる新風をつくることができると確信しており、何度かそういう集団について計画を持ったが、それはいつも成功しなかった。しかし、今回、あるきっかけから急速に集団の話がまとまり、しかも、わたしたちの呼びかけに対して、参加希望者はわずかな時日の間に二十五名をこえ、その人たちはみな、大きな喜びをもってこたえてくれたのである。

——以下略——

このように菅原は、「詩壇の外にある無数の詩人たち」のエネルギーを集結しようと考えていた。つまりは、詩を単なる一部の人たちのものだけにせず、多くの人に書いてもらいたかったのである。

ぼくは、菅原克己に会ったことはないが、その存在をよく知っているかた、お二人に話を聞く機会を得た。その一人は『「日の底」ノート他』（二〇〇七年　七月堂）を書き表した、詩人の栗原澪子さんであり、もう一人は現在も「サークルP」を継続し、その編集を担当している詩人の青山晴江さんである。栗原さんは初期のころの文学学校及び詩誌「P」に所属、青山さんは後期の文学学校、「P」にいらっしゃった。

栗原さんに「サークルP」の創設時のことを聞くと、先の、「現代詩の会」解散の頃の話をしてくれた。栗原さんによると、菅原さんは「現代詩の会」の事務局長をしていたが、会の仕事の一環として「詩の教室」を立ち上げて会員外の無名の書き手にも精一杯応援を送っていた。「現代詩の会」が会員内の思わく不一致で解散にたち至った時に、菅原さんは、運動の周辺に育ちつつあった書き手、育つべきであったろう未知の書き手に責任を感じ、そうした層の自前の集りの形として「サークルP」をイメージしたのではないかと思う、とのことだった。菅原さんには、「二人のイワン——〈現代詩の会〉解散事情にふれて」（雑誌「映像芸術」一九六五年三月号）という文章があるが、その中で菅原さんは、運動は自前でやるべきものだと、この解散事件によってつくづく知らされたと述べている、とも話されていた。

栗原さんからはいろいろなエピソードを聞かせていただいた。文学学校での最初の菅原克己については、「風のなかにユラリと立っている感じで、やさしさというよりは清潔さがあった」という印象だったそうだ。そして、「いつのときでも会うたびに、「やあ！」とまず親しげに声をかけ、その次には、「書いてきた？」と決まったように問いかけられた」そうだ。無名である文学学校の生徒の詩を、こんなにも求めてくれる、というそのまっすぐな気持ちが伝わり、とてもうれしかった、と話してくださった。

当時の文学学校の詩の授業では、海外の翻訳詩を紹介してくれたこと、とくにシュペルヴィエルやジャムの詩、『月下の一群』からもいろいろ紹介してくれたということだった。そして菅原さんは、闘争心があっても、むきだしにそれを表にはださなかった人であったが、ただ、論争では妥協はしない、ある意味頑固でもあったらしい。その思想の根本であるマルクス主義は、常に精神の自由の拠り所であったのではないかと話してくれた。一生懸命書いてくる詩に対しても、自分の書く位置は生活のどこにあるのか、ということをつねに問うていたそうだ。いつもそれは抜かせない観点だったと思う、と栗原さんはいっていた。

ぼくが、菅原克己はとっても真面目な人間だったのではないかとたずねたとき、栗原さんは少し考えてから、「真面目でなかったとはいわないが、ちょっとイメージが違う、もっと自由な人だったと思う、裏表がない人だった、生活全体が吹き抜け！」と笑いながら話してくれたのが印象的だった。

詩人の青山晴江さんは、文学学校を卒業してから「サークルP」に入られたそうで、「P」はハードルが高い詩誌であり、やっと入れてもらえたと話してくれた。菅原克己は、文学学校でも「P」でも、詩での添削のような批評はせず、「ぼくだったら、ここはこのようにするなあ」というような教え方だったという。この部分は栗原さんも共に同じような意味合いであり、共通する部分だった。

また青山さんのお話では、赤ちゃんを連れてきた人には、「赤ちゃんの詩を書きなさい、そのふくらんだやわらかそうな手をじっとみて、観察して書きなさい」と、いっていたそうだ。この「観察して書く」これが正確な描写、素直な書き方というものであろうと思う。政治的、観念的な詩を書いてくる人に対しては、かなり手きびしかったようだが、必ずまわりの人にも考えさせるような教え方をされたと話してくれた。

共通といえば、お酒である。菅原克己はお酒が好きだった、というのはお二人ともいっていた。陽気になる酒であったということだ。青山さんからは、具体的なお店の名前まで飛びだしてきた。よく、割り箸をタクトがわりにして、「コロッケの歌」や「私の青空」を陽気に歌ったというのは本当らしい。晩年に車椅子を使っていたときは、押してくれる人をずいぶん気づかっていたという。なお、この「サークルP」からは、千田陽子、福井桂子といったすばらしい詩人も輩出している。

もう一人「サークルP」のかたで朝倉安都子さんという詩人がいる。朝倉さんがだされた『暮らしのなかで　詩と…』（一九九五年　私家版）という小冊子には、菅原克己のナマの言葉が書かれているので紹介したい。いずれも文学学校での生徒さん、あるいは朝倉さんに対する、詩を書く態度についての発言である。

「深刻ぶってはいけないよ。この時の辛い気持ちを考えて、もう一つ飛躍させるんだ。そこのところで、僕たちは、現実を越えていくんだ。」

「きれいにまとめてしまわないで、君は自分のおっちょこちょいのところを、正直に書いてごらん。」

「自分のことをチャランポランなんて書いちゃいけないよ。たとえ人に言われたとしても、自分だけは、自分をバカにしちゃいけないんだ。」

「コツコツと仕事をするように詩を書くんだ。詩と取っ組んで、渾身の力で書くんだよ。」

「いいかい、詩壇なんていうバカバカしいものは気にするなよ。詩人というのはね、死ぬまで詩を書き続ける人が詩人だよ。」

「有名になろうなんて思う必要はないんだ。」

「いいかい、美しいものだけ書くんだ。楽しいことを書くんだよ。」

「生活を決して馬鹿にしてはいけないよ。」
「年をとっても、年寄りくさい詩を書くなよ。詩が老成してはいけないよ。」
「ミケランジェロは、自分を、大建築家だとも、大芸術家だとも思っていなかった。ただ、自分の仕事に熱心で、年をとっても、何かを習い覚えたいと学校へ通っていた。」
「五時まで仕事をしたら、後は自分の時間、そして自分の好きなことをするんだ。僕には詩があったね。世間で嫌なことがあっても、鉛筆なめなめ、自分の世界を創造していくんだ。」

これらの言葉に接して、菅原克己がどのような詩人であったかがおぼろげながらにわかってきたような気もする。

山梨県在住の詩人、古屋久昭さんも菅原克己と交流のあったかただが、山梨文芸協会機関誌「イマジネーション」第10号（二〇一三年二月）に「詩人、菅原克己さんとの思いでとその周辺」という題のエッセイがある。それには菅原との出会いを自身の日記から拾い、次のように書いている。

―今日は詩人の菅原克己氏にお会いしてきた。穏やかな感じで、純粋さという点で一つの驚愕さえおぼえる。仕草や話し方に作家や詩人など文人にありがちな、ぶっきらぼうというところもなく、アクもなく、なに一つ険しいところがない。あるのは、人間への愛だ。

古屋さんは「人間への愛」を感じたのだという。ぼくには、愛というものが正確にどういうものかはわからない。古屋さんもわからないだろうが、「愛」という言葉を使って、記しておきたかったのだろうと思う。ぼくはその気持ちに共感する。

菅原は非合法時代の共産党下でプリンターとして「赤旗」を刷った。検挙され辛苦を味わう。空襲で家を焼かれ、引っ越しを繰り返し、調布に落ち着く。しかし、いずれのときも、詩を手放さなかった。詩とともに生きてきた。生活をしながら、細かい事物を詩に書いてきた。そして、多くの労働者、主婦たちの詩を見守ってきた。仲人を頼まれれば嫌といわなかった。さきの古屋さんも菅原の仲人によって結婚された。多くの人に慕われていたのだ。詩作品と詩人の実人生とを切り離して考えることは、作品を評価する上で必要なことかもしれないが、菅原克己に関してはそうともいえない。詩人の生きてきた時間と、その足跡を見守る詩とは、密接な関係があるからだ。文学学校で、そして「サークルＰ」で、また調布の文章サークルで、菅原は「詩」というものに、その人生のすべてを賭けて生きてきた。

本物の詩人、のひとつのあり様として、菅原克己という人はぼくのなかに存在し続けているのである。

III　菅原克己の詩を読む

一　詩の核となるもの・『手』

この章からは、発行された詩集を年代順に追っていきたい。詩集一冊に込められた詩人の言葉の重みが、どのくらいのものであるのかこの場所でみていこうと思う。

菅原克己は一九一一年生まれ。戦前、戦中、戦後を生き抜き、生涯、詩を手放さなかった。若かりし頃、非合法時代の共産党で、「赤旗」のプリンターをしていたことがあり、そのため検挙され独房に入れられたこともある。のち、日本文学学校の詩の組会でチューターをし、また地域で詩のサークル活動などもおこなった。イデオロギー的には左翼であるが、詩そのものはむしろ抒情詩だ。一九八八年に亡くなったが、その後、詩人アーサー・ビナードが詩を紹介したり英訳などをおこなったりして、ファンが広がっている。追悼会である「げんげ忌」は、じっさいの菅原克己に会ったことのない人が増えているという。

じつは、ぼくもお会いしたことのない一人だ。だが、詩作品を読めば読むほど、詩人を身近に感じ、親しく思われるのはなぜだろうか。菅原の詩のなかには、今の現代詩と呼ばれているものが置き忘れて失いかけているもの、もう一度立ち止まってみつめ直さなければならないものが存在するのだ。それは混沌として気づきにくいのだが確かに存在する、詩のもっとも重要な核となるもの、があるような気がしてならないのだ。ぼくは菅原の詩を読み返すことは、さらなる現代詩の歩みに繋がると考えている。フラットな視点にたって読んでいきたい。

第一詩集は『手』である。一九五一年、木馬社発行。内容は三つのパートにわかれていて、Ⅰは戦前、Ⅱは戦中、Ⅲは戦後に書いたものを年代順にならべている。著者、四十歳のときの第一詩集。さぞかし嬉しかったに違いない。

この詩集のすばらしさは何かと問われれば、素直さ、やさしさではないかと思う。詩人の純粋な部分がよく表れている。そして、菅原詩の特徴的なところがいくつかみられるのである。まず、着目したのは、映画・演劇調であることだ。それから生活を書くということ、さらには、菅原が個人的に関係した人たちに向かって書かれた詩集でもあるというところだ。追ってそれらを検証してみたい。

詩が好きな一人の青年。戦争のさなか、詩を手放さずにコツコツとためこんで書いた、青春の結晶ともいうべきもの。だれしも読んでみれば、その初々しさに納得すると思う。

記念すべき『手』の冒頭の作品は「しぐれ」である。この詩に関しては、本書三十一ページ「室生犀星の影響」で述べたので参照してほしい。「しぐれ」のあとには「オルガンと五月」という詩である。この詩も初々しい。

オルガンと五月

母親は淋しそうにオルガンを売るのだといった。
僕は最後にオールド・ラング・ザインを弾いて
古いオルガンとの訣別にした。
母親は僕が病気だからというて
オルガンを運ばせなかった。
僕は玄関わきに立って、
蒼い八ツ手のチラ〳〵するかげを
母親と小さいキヨちゃんとが
重そうにオルガンを運ぶのを見ていた。
オルガン、
オルガン……。
(あれは雑司ガ谷時代からあった。
あの頃は何を楽しそうに弾いたっけ。)

床に入って青空を眺めると、
ひとしきり咳が出た。
僕は粉薬を飲みながら
もう燕が飛ぶ頃だナと思い、
もう一度あの大きなオルガンにしがみついて、
子供のように
ブウ〱鳴らしてみたいと考えていた。

そのあとは、「雨後」、「晩餐」、「人形」、「げんげの花について」と続く。どの作品にも、高度な詩的技術というものは見受けられず、みたもの、感じたものをそのまま素直に言葉に移すという作業に終始している。

ぼくは、パートⅠの作品群が特に好きだ。室生犀星の影響がそのまま残っているとはいえ、レトリックに頼らず、信じている言葉で、つまり、背伸びをせずに自分の言葉できちんと正確に描写をしているからだ。もちろん少々センチメンタルな部分もあるが、それを差し引いても、正直さゆえ、信頼できる詩であるといえるだろう。この正確な描写があるからこそ、その後の菅原克己の詩が生きてくるのである。

パートⅠのなかでは、「「ビュビュ・ド・モンパルナス」を読んで」というタイトルのもと、三篇の小さな詩が載っている。この連作形式が好きだったようで、どの詩集にも見られる。「「ビュビュ・ド・モンパルナス」を読んで」については、辻征夫の『ロビンソン、この詩はなに?』(一九八八年、書肆山田)のなかの「「聖アンデルセン」のことなど」や、『かんたんな混沌』(一九九一年、思潮社)のなかでも書かれているので参照してほしい。
辻は一九九七年の「げんげ忌」(「げんげ通信」no7「天使のような」二〇一二年)において講演をしていて、そのときにもこの詩について話をしている。まずは引用してみる。

「ビュビュ・ド・モンパルナス」を読んで

手紙

うす汚れた小さな本を
日がな一日読んで
おれも遠いマルセーユから
胸いっぱいの手紙を出したくなった。
若さと苦しみ、

それから我々の勇気について語り得る友、
巴里の、サン・ルイ島の
あの貧しい木靴つくりの息子へ、
一人の娼婦が
泣きながら書いたような切ない手紙を。

カフェの対話

よしや、こゝにも病気と貧乏があり、
それからより一層手きびしい世間があっても、
今日、さわやかな驟雨のように
いき〳〵とおれの心を洗って行くものは
モンパルナスの夕ぐれのカフェ、
そのカフェの片隅にしょんぼり座っている
やさしい二人の対話。

フィリップ

ほら、思案そうな顔をしては
また部屋の中を歩きまわっている。
そして、セバストポールの並樹みち、
提燈のようなお月さんの下で
可哀そうなベルトと話しこむのだよ。
みじめな娼婦も、
その男といると、
まるで初々しい娘のようになった。

——あれが、ひとり身の、貧しい、
シャルル・ルイ・フィリップさ。

この三つ目の詩「フィリップ」のところ、「初々しい」という箇所が、最初は「天使のような」であったということだ。菅原は、この詩を当時の詩壇の大御所である、岡本潤にみてもらったところ、「天使のようなというのはイカン、何が天使だ」といってたしなめられたという。それでは変えましょうということになり、「初々しい」となったらしい。

辻にいわせれば、「天使のような」のほうが、この場合数段によくなる、というのである。それは、「提燈のようなお月さん」に対応する「天使」なのだそうだ。これは、すばらしい見解で、その通りであろう。詩での常識は、時と場合によっては通用しないというところだ。

このエピソードでぼくが思うのは、菅原の謙虚なところと、詩人としての素養の深さだ。だれにいわれようが、自分の言葉を曲げない頑固な人がいる。だが菅原はそういう人間ではなかった。この場合、先輩詩人にいわれて、ああ、そうだよなあ、と思ったのであろう、その気持ちがぼくにはよくわかる。反面、最初に「天使のような」とした、詩的センスにも敬服せざるを得ない。願わくは、そのセンスを自分で自覚するにいたらなかった菅原に対して残念だと思うと同時に、そのセンスを見抜けなかった岡本潤に対しても多少残念な気持ちが残る。どちらも仕方のないことだとは思うのだが。

さて、辻の発見もおもしろいが、この短い詩をどう読まれるだろうか？　ぼくは「「ビュビュ・ド・モンパルナス」を読んで」の三篇において、菅原の詩の一つの特徴を見た。

まずは、もとになったフィリップの『ビュビュ・ド・モンパルナス』（淀野隆三訳、岩波文庫）を読み返す。この小説が大好きであったということもあるが、読後はいつもじんわりとした感慨に浸ることができる。パリの下町の人間と、その人たちの純粋さを書ききったものだからだ。人間のナマの感覚を、菅原は詩に凝縮したのだな、と思った。しかし、凝縮の仕方がおもしろい。これは菅原克己という詩人が作った、寸劇、あるいは映画のワン・シーンのようではないか、と思った。もちろん、詩として書かれているのだが、そのなかには菅原劇場の脚色があるような気がする。たとえばこのような詩句「若さと苦しみ、／それから我々の勇気について語り得る友」などもちょっとした芝居の台詞のようだ。「よしや、ここにも病気と貧乏があり」なども同様である。ちなみにこの「よしや」は室生犀星の影響ではないか、と辻が先の講演でいっている。

もう一つ、注目してほしい箇所は地名だ。ここにも特徴がでている。もちろん『ビュビュ・ド・モンパルナス』のなかで使われている地名なのだが、菅原はこの詩のなかでかなり意識的に使っている。それは「遠いマルセーユ」や「巴里のサン・ルイ島」、「モンパルナス」、それから「セバストポールの並樹みち」である。これらの言葉は、当たり前だが、明らかに日本を意識していない。「カフェ」は飲食ができて、雑誌なども読める場所であり、異国の雰囲気を作る言葉になろう。フランスを意識していることは明瞭だ。この日本にいて、別の遠い国をみる、つまり詩において、しっかりとした場面を作るという書き方をしている。菅原は明確な言葉によって、詩の雰囲気を決定づけ、逆にイメージの膨らみを持たせる書き方をしているのだ。それはかなり意識的に行っていると思う。

『手』のパートⅡの最後には「霧雨」という詩がある。この詩についても言及しておきたい。引用する。

霧　雨

遠いむかし、霧雨はまちにふっていた。
霧雨に濡れたかたさきを気にしながら
お前はわたしとあるいていた。
霧雨はお前のまつげにたまり、
まばたくたびにきらきら光っていた。
わたしはながいこと、何やら喋舌っていたが、
喋舌っているのは、わたしばかり、
お前は黙ってほゝえんでいた。
喋舌ってはいても、おもうことはいえず、
霧雨は、散るときこぬかのよう。
まちはときどきあかるく、またくらくなり、
お前は仕事着を花束のように抱きながら、
わたしはときおりこみあげる悲しみに
なおさらのことなにやら喋舌っていた。

遠いむかし、ふたりはまずしくやさしく、
霧雨は静かにまちにふっていた。

仕事帰りなのであろうか、貧しい二人が霧雨のなかの街を歩いている……。とても美しい詩である。

上演中の、演劇の一場面のように感じるのだ。ふいに暗い舞台にスポットライトが当たる。女の肩を抱くように立っている男。その男が何やら喋り、女はまるで泣いているようにして男の話を聞いている。労働者ふうの若い男女。細かい霧雨が二人を包んでいく。演劇はその場限り。いつも一回だけの現在性を孕んでいるのだ。ぼくは「霧雨」を、一つの場面として読む。

とかく、詩はイメージが大切であるといわれる。そのために言葉の意味を少しずらし、生じた齟齬から別な意味を喚起させるように書かれている作品もある。もちろんそうした書き方もあっていい。だが、どうだろうか、詩はもっと、明確に書いたほうがよいのではないだろうか。一枚の絵をみるような、映画のワン・シーンがよみがえるような、演劇の一場面が生々しく頭のなかにでてくるような、そのような詩が逆にイメージを豊かにさせる場合もあるのではないだろうか。菅原の「霧雨」には、言葉に対しての曖昧さがない。意味が意味として機能し、定着している。そこから一つの場面を提示していくという方法だ。ここにも、ぼくの考える菅原の演劇性がでているといえる。

すべての詩に共通とまではいわないが、ある一つの手法として、この映画・演劇調の詩の書き方がある。常に明確な言葉で場面を設定し、また、少し粋でどことなく芝居の台詞のようないい回しを使い、人生の一部分に光を当てていく。この最初の詩集ではまだ少ないが、すでに散見されるのは興味深い。

特徴の二つ目として、生活の詩がある。菅原は生活を言葉にしている。ぼくはここで「生活」という言葉を使ったが、じつはニュアンス的にそれは正確ではない。一見、身の回りの狭いところの経験を、小まめに、記録のように書いている生活詩、と思われがちだ。だが、少し違う。

菅原の詩は、現代の根本的な意識を常に拾っている、といったほうがいいのだろうか、経験による普遍的なものを掬い取るという意識である。

戦後詩の傾向をみると、複雑多様化した現代を、いかに根本から表出させようかと考え続けた結果、詩の技術は大きく進歩してきた。いろいろなイメージを駆り立てるために、複雑な構成を考え、新しい形式、表現方法が表れてきた。そのもっとも最たるものが「比喩」であろう。特に暗喩と呼ばれるものである。暗喩は本来持っている言葉の意味とはまた別の意味で使われ、それが他の詩句の相互作用によっていかなる読み方にも変化し、奥行きの深い言葉のイメージを作りだすことに成功した。その他、詩の技術は戦前に比べて数段進歩し、現代の詩は豊潤なときを迎えたのである。

そのようななか、菅原の詩は生活の細部を丹念にみわたすだけの詩と捉えられがちであるが、そうではなく、比喩だけにたよらない明確な言葉を使い、いわば、詩の原点に立っているといったほうが正しい。

現代詩が抱えている複雑なテーマは、自分が毎日行っている行動の一部分のなかにもあり、混沌としたものを言葉にするには、生活する一部分をまずは書いていく、という方法がある。菅原の場合そのテーマは、人間というものの一番大切な部分に立ち戻らせてくれる力強いもののような気がする。

さて、最後にもう一つ、『手』における三つ目の要素である。それは人に宛てた詩が多い、ということだ。なかには追悼を含んだ詩もいくつかある。

詩にはいろいろな考え方があるが、まずは、人間の心の叫びだと考えよう。つまりは人が人に対して発する言葉が根本にある。人間の感情の起伏である。古代から、愛する人が亡くなったとき、人は悲しみにくれ、その悲しみを言葉として放出しただろう。また、愛する人を欲したとき、そこには何とか自分をよくみせたいとか、思いを伝えたいがための、おびただしい言葉が発せられたことだろうと思う。人が人として成り立つ根本はやはり言葉である。菅原も言葉でもって、大切な気持ちを相手に伝えたかっただろうと思われる。代表的なものは、タイトルにもなった「手」という詩である。

手

その手が警察から俺をかばった。
その手が、冬、
冷たい留置場のたたきの上で
俺の額にかかる髪の毛を掻きあげてくれた。
そして、その手が家で、
昔ながらの悲しい煙管の音をさせながら
何年となく俺の帰るのを待っていた。

俺の母よ、
その老いたる手よ。

八重桜の散る日、
重たい晩春の空気をゆすぶって
燕がなくとき、
俺は家に帰ってその手を抱いた。

かつて、その身に報いられることのなかった
病み衰えて死んで行く母親の、
俺の手に最後の震えをつたえる
痩せたる、皺よった手を、
俺は俺の手で、泣きながら暖めていた。
それが今、俺の母親に対する
ただ一つの報いになるかのように……。

母親の手を一つの象徴として、自分の心境を語ったもので、菅原の、母親へのやさしい気持ちに満ちあふれている。

ぼくはこの詩を読むたびに、詩とは何なのかと自問する。どうしても書いておきたかった言葉、その言葉に対して人が何の口をはさむ余地があるだろう。菅原はただ、ここに、自分の母親のこと、母親の手の皺を書いておきたかったのだ。詩は技術だけではなく、素直に自分の気持ちを言葉に乗せること、それがとっても大切だよ、と思わせてくれる一篇である。

この詩は、現代の詩的な価値観からすれば、旧態依然的な作品であろうと思われる。それはわかりきっていることだ。つまり、菅原が意思伝達の手段として書き、たぶん、その思い通りの意味が伝わっている作品なのだ。一般的にいわれている抒情詩なのである。

いわゆる現代の詩は、常に言葉の改革を目指してきた。これはとても大事なことである。そのためには言葉の実験を重ねていかなければならない。イメージを固定させず、一つの言葉の多様性を重んじる。曖昧であることもそのイメージを増加させるという点において尊ばれてきたのである。言葉が曖昧であることによって、多義的な意味が表れイメージの増加が期待できるのである。だが、「手」における言葉にはその曖昧さがない。すべてのイメージが、ある意味、確定している。

だが、ぼくはこの詩のなかに、菅原一個人だけではない多くの人たちの姿をみることができる。留置場に送り込まれた自分をかばってくれた、母親の手をいとおしむ、その手は菅原の母親の手だけではない。そこには多くの別の人の手がみえる。そして時代がみえる。時代の空気も感じられるのだ。一個人の人間の気持ちの流れをたどっただけの詩ではないような気がしてくる。菅原は多分、素直に、一直線に書いただけだろうが、抒情という言葉、つまり自分の感情を述べ表すことだけではないことが、この詩には起こっている。

母親に対しては「手」だけではなくこの他にも何篇か書いているが、自分の周囲にいた大切な人たちについても菅原は詩に書いていて、どれも個人的な感慨をとおりこした普遍的なところにまでたどり着いている。

たとえば、詩の題材にはよくミツ夫人を登場させている。とくにパートⅢの最初の二篇「自分の家」「やけあと」での夫人との掛け合いは痛々しく感じられる。この詩は戦争のことを書いた初めての作品で、戦禍の憤りを激しく詠うのではなく、自分の状況を的確に言葉に写しかえることによって、逆に悲惨さを強く訴えている。

その他にも、この作品は誰に宛てて書いたものであると、察しがつく詩はかなりある。「秩父」という詩では、早川二郎に宛てている。早川二郎は、菅原が師範学校生の頃、共産主義の勉強会でチューターを頼んだ人である。本名、小出民声といい、早川二郎はペンネームである。マルクス、エンゲルスの『共産党宣言』の訳者であり、のちの歴史学者でもある。それから、「北風の賦」は、プロレタリア作家の小林多喜二に宛てた詩である。

「邂逅」という詩では、「十三年前、／若い僕がチラと好きだった娘が」という詩行があり、その女性が年をとった姿を描いている。「眼」という作品は、「赤旗」のプリンターをしていたころ、一緒に活動していた「ちい公」と呼ばれた、谷口翠さんのことであると思われる。このように読んでいくと、まるで知り合いの各個人に向けて作ったかのようでもある。

そもそも詩は、情報伝達の手段ではない。伝えられないものを、あえて伝えるのが詩であるからだ。ただ菅原は、この詩集によって、自分の切なる気持ちを受け渡しておきたかったのだと思われる。いや、それしか考えなかったのかもしれない。だが、不思議なもので詩集『手』は、通常の言葉の意味を大きく超えて、人間の感情の奥底にまで届くものに変化していったようにぼくは感じる。この変化をどのように捉えようか。そこにはまさしく詩の核となるべきものが存在していたからであろう。

　現代において、どこかに置き忘れてしまったような、詩の本質がこの詩集には隠されている。それは今の詩のなかに、もう一度引き寄せたほうがよいものの一つであろうとぼくは思っている。つまり、詩の神髄、根本を突いた言葉で書かれているのではないかということだ。それはまさしく、人間本来の、最初、つまり原点に戻り、あらゆる事物の確認をしていく作業をする、ということである。そして菅原本人が、生涯、それを実践してきた詩人だったといおう。

二　明るさを求めた詩・『日の底』

六十年以上も前の詩集を取り上げて、それを今の詩に反映させよう、などというつもりはまったくない。ただ、菅原の詩を再読することによって、現代の詩におけるある種の閉塞感なるものが、ほんの少しでも打破できるのではないかと感じている。

一九五八（昭和三十三）年十二月、菅原克己の第二詩集『日の底』（飯塚書店）が出版された。ぼくは菅原の八冊の単行詩集のなかでは、これが最高峰に位置するものだと考えている。そして、戦後に発表された数ある日本の名詩集のなかでも、『日の底』は戦後の代表作となり得るものだと思っている。

すでに『日の底』に関しては、現代詩文庫『菅原克己詩集』（一九七二年、思潮社）の堀川正美の解説「ヒューマン・ドキュメントの成立」というすぐれた評論がある。そして、詩人の栗原澪子が、『『日の底』ノート他』（二〇〇七年、七月堂）において、詳細かつ斬新な評論を展開しているが、新たな読み方を探っていこうと思う。

この詩集は大きく五つのパートに分かれ、全部で三十四篇の詩がある。前半は行分けのスタイルだが、後半では散文詩となる。第一詩集『手』では初期の初々しい抒情詩が中心であった。ある面、菅原の根本的な資質を表していたが、センチメンタルな部分もあり、いわゆる甘さを露呈していた。だが、この第二詩集にいたっては、趣はがらりと変わる。

詩人が自らの詩を変えていこうとするときに、何が必要かというと、意識の改革があげられるだろう。同じような生活様式であったり、物をみる目が同じ角度であったりすれば、書き表される詩も同じものになってくるのは当然だ。菅原は、『死の灰詩集』(現代詩人会が一九五四年に発行した水爆実験反対のアンソロジー)において鮎川信夫と論争を交わしたことにより、詩に対する意識が変わったのではないかと思う。

第一詩集は、詩が好きだという一途な思いから書き溜めた詩篇であり、そこには自分をみつめる目が薄かった。つまり、気持ちの部分だけで書いていた面があったのである。当時の、菅原の詩に足りないもの、それは深く思考すること、自分をみつめなおすこと、つまりは詩自体が持っている、詩としての価値にまで作品を昇華させることなどがあげられる。菅原は自分の詩を振り返って、あるいは鮎川との論争によって、そこに気がついたに違いない。この第二詩集が、第一詩集と明らかに違うところは、すべての詩において、ある種の厳しさが備わっているところにある。あきらかに、センチメンタルな部分が取り除かれただけではなく、言葉の深さが増している。それは冒頭の「野」という詩を読めばわかるだろう。非常に緊張感を持った詩になっている。この「野」に対する考察に入る前に、ひとつだけ念頭においていただきたいことがあるので示しておく。この詩集の落とし穴のようなものだ。

だれしもが『日の底』一冊を読むと、この詩集全体を支配しているある独特の言葉を知ることになる。それは〈光〉である。すべての詩篇とはいわないまでも光を使っている頻度は多く、関連する言葉、〈日〉であるとか〈陽〉などの言葉も多い。もっと端的に直截的な〈明るい〉という表現もある。これらの詩語には気をつけたほうがよい。つまり、通常の意味でとらえれば、〈明るい光〉は日向的な意味になる。事実、菅原の詩は常に明るさに向けて書かれている感じがするし、通りいっぺんに読めば、健康的で明るい爽やかな抒情作品で終わってしまうだろう。だが、本当にそうだろうか。

菅原を評価するときに、〈庶民的〉であるとか、〈人情味〉であるとか、〈明るさがある〉とかの言葉が使われるが、これもじつは正確ではない。ぼくが菅原の詩に魅かれたきっかけは、短絡的にその日向的な庶民感覚でもあったが、読みこむうちに、どうもこの詩人のなかにはもっと別の何かが内包されているのではないかと思えてきたのだ。それをもし一言で表すなら、逆説的ではあるが、〈闇〉という言葉かもしれない。菅原の詩には、明るさのなかに潜む暗部が存在するという落とし穴を忘れてはいけない。

そこで最初の詩「野」に移るが、言葉の深度が第一詩集のときとは数段違うことがわかるだろう。全文掲載してみる。

野

そのとき
一本の樹が、
さらに大きい自分のなかに沈みこみ、
そのたっぷりした容量だけで
やさしく自負している。

光が駈けおりて、
物にぶつかりながら
たちまち自分の駆を切りとって
過ぎてゆく。

小麦は
こそばゆい穂さきをしきりにうるさがり、
雲雀はまだ土くれのなかで

誇らしげな自分の声に追いつこうと
せっかちに喉毛をふるわす。

そこでは、黒い地べたでさえ、
空は自分だと考えている。

そして、ぼくは気づく、
決して見ることのできぬ背後で、
道が道自身を帯のように巻きながら
ぼくの通過をすばやく消してしまうのを。

この朝の上に
もう一つかぶさってくる朝。
すべて見なれたぼくの外側から
ふいにざわめき出し、
ぼくがふりむくと
一ぺんに黙りこんでしまう

物たち。

　堀川正美はこの詩「野」に関して、まず、菅原をマテリアリストであると定義した上で、「時間的にだけでなく、空間的に二重構造なのである」と解明している。栗原澪子は、『「日の底」ノート他』のなかで、宮沢賢治の「小岩井農場」を例にとり、菅原克己との接点をみつけている。堀川と栗原の二つの評論は『日の底』論として秀逸なものであることを記しておかねばならないだろう。そこから、あえてぼくの感想を書き加えてみよう。

　菅原にはめずらしく、「野」は少々難解である。ぼくはこの「野」のなかに、どこまでも果てしない〈闇〉をみつけだした。この暗さがあるからこそ、ぼくはこの詩に魅かれ続けてきたのだと、はっきりわかった。

「野」は朝の記憶、描写の詩である。つまり、朝は暗闇のなかを通り抜けて、初めて光を得ることができるものなのだ。たっぷりとした容量を持つ一本の樹、その樹は自分のなかに沈みこんでいる。つまり自分の内側へ。内側という部分は明るさより、暗いイメージであろう。光はぶつかって、その体を切り取られ、散らばってしまう。キラキラしたものにはなるが、その後はどうなるのか。雲雀は土くれのなかである。黒い地べたは空を希求しているかのようだ。

　このように最初の四連を読むと、菅原はまず、あらゆる事象はひとつの闇のなかに潜りこんでいるものであって、そこから光を求めていくものなのだ、と考えているのではないだろうか。

光のない世界にいたからこそ、光というものが認識できるのだということであろう。

この詩のなかで、朝の情景を描写している〈ぼく〉はどこにいるのだろうか？〈ぼく〉は歩いているのである。朝と呼べない朝の道を。歩いて行くすぐうしろは、道が道を巻きこみながら消えていく。朝の光に向かいながらうしろへは戻れない。戻れない場所とはいったいどこなのだろうか、それはつまり闇の世界ではないのか。今、この朝の風景をみている〈ぼく〉の朝は、じつは本当の朝ではない。〈もう一つかぶさってくる朝〉が本当の朝なのである。では〈ぼく〉のいる場所はどこなのだろうか。意識の奥のまったく光の届かない場所。時間と空間が二重になっている場所。光を求めて歩く闇のなか。〈ぼく〉の朝とはそういう場所なのだ。もちろん、振り向くと、物たちは黙りこんでしまうのは必然であるに違いない。

このような読み方が当たっている、いない、ではなく、ひとつの解釈として〈ぼく〉の存在がはっきりとし、詩が鮮明になる感じがしたのだ。

「野」における闇の世界が冒頭におかれたことは、詩集の全体を象徴しているように思えてならない。続く詩、「夕暮れの詩二つ」は、〈ぼく〉の事象を具体的に表し、次の「朝」も冒頭の「野」の延長線上であるし、〈ぼく〉のいる朝は、〈立方体の底〉であると言及している。「この明るさのなかで」という詩にいたっては、〈ぼく〉の闇の世界からの唐突なる脱出から、戸惑いを受けているようにさえ読める。その闇の世界では、痛みもともなっていたのだ。最初のパートは、菅原の居場所の確認、光への希求、立方体の底にしかいられない自分が光へと踏みだしていく詩、六篇で構成されているのである。
　二つ目のパートは「サークル圏」という題名で、全十一篇が掲載されている。「野」を継承したあとの、日々の確認とでもいえそうな作品群である。ただし、日常の機微をしたためたものではなく、日常の事物のなかに秘められたある種の感慨、思想、人への思慕が書きこまれている。菅原克己の名前を高めたといわれる「ブラザー軒」もここに収録される。

ブラザー軒

東一番丁、
ブラザー軒。
硝子簾がキラキラ波うち、
あたりいちめん氷を嚙む音。
死んだおやじが入って来る。
死んだ妹をつれて
氷水喰べに、
ぼくのわきへ。
色あせたメリンスの着物。

おできいっぱいつけた妹。
ミルクセーキの音に、
びっくりしながら
細い脛だして
椅子にずり上る。
外は濃藍色のたなばたの夜。
肥ったおやじは
小さい妹をながめ、
満足気に氷を嚙み、
ひげを拭く。
妹は匙ですくう
白い氷のかけら。
ぼくも嚙む
白い氷のかけら。
ふたりには声がない。
ふたりにはぼくが見えない。
おやじはひげを拭く。

妹は氷をこぼす。
簾はキラキラ、
風鈴の音、
あたりいちめん氷を嚙む音。
死者ふたり、
つれだって帰る、
ぼくの前を。
小さい妹がさきに立ち、
おやじはゆったりと。
東一番丁、
ブラザー軒。
たなばたの夜。
キラキラ波うつ
硝子簾の向うの闇に。

この詩はフォークシンガーの高田渡（一九四九―二〇〇五）が曲をつけて歌ったために、多くの人に知られることになった。高田渡のみならず、息子である高田漣もまた父親の後を継いで、ギター片手に歌っている。他にも、ハンバートハンバートや、佐久間順平などがカバーしている。

詩「ブラザー軒」では、〈ぼく〉は動かない。静かに氷水を食べているだけだ。そして死んだおやじと妹が静かに入ってきて氷水を食べ、静かにでて行くという詩である。不思議なリアリティを感じずにはいられない。注目すべきは〈ぼく〉の居場所だ。ここでも〈ぼく〉は夜のなかにいる。それも〈濃藍色のたなばたの夜〉に。まるで、時間と空間の真っただなかに、たった一人だけでポツンと取り残されているような感覚だ。この寂しさはいったい何なのだろう。そこに現れるのは死んだおやじと妹。この妹は詩集『手』のなかでも詩に書かれた、妹のみどりであろう。おやじと妹が去ったあとに残るのは、ふたたび夜の闇ばかりではないのか。〈ぼく〉がいる場所から振り返ってみると、いつもそこは暗い場所なのである。

もうひとつ、「ブラザー軒」では音に注目してみたい。この詩のすばらしいところはこの音の効果にある。ガラス簾がキラキラ波うつ（音）、氷を噛む音、ミルクセーキの音、風鈴の音、二人には声がないこと、などがわかる。ミルクセーキは別だが、その他においてはすべてがやさしい。音にもいろいろな種類があるが、人を不快にさせるものもあれば、心を落ち着かせるものもある。ミルクセーキの音で驚く死んだ妹は、またその音によって、存在感があらわになっているのだ。死んだ人間に存在感もないものだが、空気のような幽霊である妹の存在が、しっかりと現実の人間のように感じるのは、このミルクセーキの音に驚くところや、椅子にずり上がるところにある。そして、その他の音は、すべて、癒しである。どちらかというと心地よいのだ。逆のいいかたをすると、音を表現することによって、静寂を表している。氷の咀嚼音は、実際には気持ちのよいものかはわからないが、言葉にするとそのイメージはなんと清潔なイメージに変化することか。たなばたの夜に、心地よい音を配置することに成功している。ただ、死者は言葉を発しない。何も音をたてないのだ。その音の差別化がいっそうこの詩の静寂を維持し続けているのである。

「ぼくらの年代から」と題されたパートの3では、菅原の地下活動が書かれている。菅原が生きてきた証拠のような、そこに存在のすべてがあるとでもいうような詩で構成されているのだ。だが、これらの詩を記録だとはいいたくない。一つの時代、そのなかで生きてきた自分、おこなってきた事柄、一人の人間が生きるとはこういうことなんだ、ということの素直な表出であったというべきだろう。それは活動の裏に秘められた、菅原のはかない青春ではあるが、どこにでもいる一人の若者の生き方として捉えられるべきであろう。

「ぼくらの年代から」の1から9までの一連の作品は純粋な情景描写に徹したもので、感情がかなり抑えられているのがわかる。第一詩集『手』では、ある意味において、気持ちの起伏をむきだしにしたものばかりであった。多くは悲しみであるが、ここではその書き方は姿を消した。つまり提示しているものは情景であるため、いっそう抑制された悲しみと渇いた抒情が伝わってくる。何より圧巻なのは、「練馬南町一丁目――戦前の「赤旗」を見て」という作品だ。引用してみよう。

練馬南町一丁目
――戦前の「赤旗」を見て

練馬南町一丁目。
僕は、
思い出すことが
出来る。
空でも、
木の葉でも、
家なみから
道ばたの石ころまで。
僕はここで育った、
十五の年から十二年間。

僕はここで学校に通った。
僕はここで恋人に出会った。
僕はここで母親を亡くし、
僕はここで留置場を知った。

——母親が死ぬ。
もちろん僕が不倖せをかけたのだ。
だが、かなしみのなかみは
いまはやすらか。
母は僕の心に昔のまま住む。

——恋人に出会った。
思うことも云えなかった、娘。
いまは僕の妻。

そうして
あの頃の

空でも、
木の葉でも、
僕のひそやかな仕事を中心に
二十年後の心に、生きる。

見給え、
ここに
一七三号から
終刊号までの
「赤旗」がある。
これは僕とちい公と呼ぶ娘が
プリントしたものだ。
プリント・ビューローは
練馬南町一丁目の、わが家。
そして一切の、
僕の、光の、存在理由は
ここにあるのだ。

――おう、
庭のプラタナス、ポプラ、
棕梠の木、八重桜よ。
夏の、燃えたつ空、
古びたオルガンよ。
そこで
昼、僕らは鉄筆の音をたて、
夜、せっせと刷った、
笑ったり、怒ったりして。

（いまもよみがえるインクの匂い。
機織りにも似た手製の謄写機の音）

獲物をみつけ出す眼。
歯を鳴らす、犬。
弾圧のなか、

患い、やつれ、
杖にすがってやって来た
僕らの指導者。

スパイ。
プロヴォカートル。
「多数派」分派。
街頭検索隊、
不審訊問、
テロル。
——それら敵たちが
気づかぬところで、
ひそかに
僕の、青年は、
わが方の新聞つくり。

党の仕事につれて、

すべての思い出が、生きる。
思い出は自信に満ち、
年月の経過で、美しさに溢れる。

(昨日のように光る空。
木の葉の揺れ。
人をはばかるひそかなささやき。
静かなカッティングの音)

練馬南町一丁目。

——聞いてごらん。
床屋があり、
その先に風呂屋があり、
その突き当りの、右角。
プラタナス、ポプラのある家。
そこに兄妹の多い、よく笑う家族がいて、

そこの次男は、むかし、
党の、最後の新聞を刷っていた、と。
そして、そこから捕えられて行った、と。
——今でも、
未来に対する希望の基礎に
一きわ輝き、
強く、誇りやかに
思い出すことが、出来る
練馬南町一丁目。
僕の仕事、
僕の、青春の日々。

かなり長い詩だが全行引用してみた。ここでは、一言、一言を噛みしめるように、言葉をおいているのがわかる。〈僕は、思い出すことが出来る。〉という詩句でさえ、〈僕は、／思い出すことが／出来る。〉と三行にしている。それは自分がやってきたことの一つ一つをしっかりと確認するためでもあるかのようだ。菅原がどのような気持ちで、「赤旗」のプリンターを引き受けたのか、結果がどのようになるのか、たぶんおおかたの見当はついていたかもしれない。

それでも、何とかなるさという楽観的な考え方、また、正しいことをしているんだ、という信念みたいなもの、これが青春のすべてだったという感慨。そのような気持ちがひしひしと伝わってくる。この詩は感傷で書かれてはいない。「ぼくらの年代から」というパートを締めくくるように、その集大成として書かれ、また次の「飢餓時代」、最後の「日の底」のパートに続くように書かれている。詩集の構成として、きちんと事項をたどっているとともに、内容に矛盾がない。一読者としてみれば、一つの事柄についてこれほどまでに情熱を傾けられた仕事ができたことをうらやましく思うとともに、それを詩にした菅原克己という詩人をすばらしく思う。菅原はのちに『遠い城』という散文集で、自分の地下活動の様子を克明に記す仕事をおこなった。

さて、「飢餓時代」と「日の底」のパートはどちらも散文詩である。「飢餓時代」には、「1空気の部屋」「2金網」「3買出し列車」と「クリスマス・イヴの夜更け」「日について」が収められている。「日の底」は四百字詰めの原稿用紙に換算すると、十七枚以上にも及ぶ長篇散文詩となっている。

菅原はこの詩集の立ち位置として、〈光〉を希求する場所に立っていた。逆説的にいうならば、その場所は常に光がないところだった。そこから光を求めていたのである。彼の青春の大半は非合法時代の地下活動に充てられていて、それゆえ、検挙されるという辛苦をなめてきた。それは、彼自身にとっては、やはり耐え難いものだったに違いない。無謀な検挙、そして尋問、拷問。彼は殴られ、床にうつぶせになって倒れた。「日の底」のでだしは壮絶だ。

おれはうつぶせになって倒れていた。おれは床がこれほどの力をもって下から押してくるのを知らなかった。起き上ろうとしたが、床もおれにぴったりひっついたまま盛り上ってくるのだった。重い荷物を背負ったように、臂を立ててやっと上半身をおこしたとき、ふと、となりに同じ運命のものを見た。それはさっきまで腰かけていた椅子なのだ。こうなると、おれも一箇の椅子ではないか。おれはその椅子に手をかけ、やっとのことで立ち上った。立ち上りながら、おれはぶざまに這いつくばった自分を整理する必要があった。しかし、おれはそのとき、黙然として倒れている椅子に対する親愛感でいっぱいだったので、泣くような息をたてながら、身を曲げ、倒れた椅子をおこしてやった。

（「日の底」より）

この詩における、〈おれ〉はまず菅原本人であると思って間違いはないだろう。

そして、椅子が同じように倒されているのが目に入る。〈おれ〉はその椅子に親愛感を持ち、やっとのことで立ち上がったのち、椅子を起こしてやるのだ。その行為に、非常な優しさとリアリズムを感じる。椅子と自分とが同じなのだという目線。〈おれ〉は椅子と同じように扱われているのかという絶望感、喪失感とともに、椅子であっても〈おれ〉と同じなのだという親愛感を抱いている。そして、この場面を詩として書くというその行為に、詩人の魂を感じずにはいられない。

つまり書くという行為についていうなら、菅原はこの詩集において、〈光〉を書きたかったに違いない。だが、それを書くには、痛みをともなうのである。金網と壁に囲まれた部屋にぶち込まれる。立方体の箱のような場所である。殴られてフラフラになった頭で、部屋に突っ伏したまま、一枚の板となるだけなのだ。そして朝を迎える。朝の光は、菅原にどのように映ったのか。どんな光が射そうと、立方体の底にいるだけなのだ。なぜに〈おれ〉はここにいるのだという無念と、どうしてこんな目に遭わなくてはならないのかという、悔しさがあったことだろうと想像する。

「日の底」という詩の構造は、地下活動と、留置場においての過酷な状況を交互に対比させることによって、明と暗が表れるようにもなっている。また、「空気の部屋」と「金網」とを合わせ読むことによって、よりいっそう菅原の体験がどのようなものだったかが想像されるのである。

だが、この「飢餓時代」「日の底」の散文詩は菅原の実体験だけを記したかったのか、というとそうではない。基本的には菅原の経験であるには違いない。だが、これによって生みだされたものは何であったろう？　それは暴力という非合理的な存在の否定と、自由への希求であろう。自分が打ちのめされて、一枚の床でしかなかったという事実。立方体の底にいて、求めるのは、まだ手にすることがない〈光〉なのだ。光は、〈自由〉という言葉にいいかえることができるかもしれない。菅原はここではまだ光を摑んではいない。

冒頭で、ぼくは、落とし穴に落ちてはいけないと書いた。菅原の詩は、明るさを表現したものではないのだ。明るさを求めた詩なのだ。そう、朝の光は自由への架け橋となっているに過ぎないのであり、菅原はこの詩集において、苦痛をともないながら、立方体の底で呻いている一人の人間でしかない。

全篇を振り返ると、暗闇のなかをずっと歩き続け、ふたたび「野」という朝に戻ってくるような気もしてくる。そして、ある意味、どんな言葉の表し方でも自由である現代詩において、菅原克己の詩の表現はあえて愚直なまでに平明を貫き通し、その上で自由の光を常に追い求めてきたのである。その一途な想いを、詩を書くものは忘れてはならないだろう。

三　再確認の詩集・『陽の扉』

菅原克己は全部で八冊の単行詩集を持つ。第一詩集『手』が一九五一（昭和二十六）年、菅原が四十歳の年であるから、年齢的にかなり遅いとみるべきだろう。第二詩集『日の底』は七年後の一九五八年。そしてこの第三詩集『陽の扉』はそれから八年後の一九六六年の出版である。

出版のペースが速いか遅いかはわからないが、時代的には安保闘争等があり世の中は揺れていた。菅原自身においては、新日本文学会の講師を務める、サークル詩活動もするという日々だった。一九六四年には飯塚書店から『詩の辞典』も共著でだしている。かなり多忙であったことは間違いない。そういうなかでも、コツコツと詩を書き発表していく姿勢はやはりすばらしい。ぼくは、すばらしい、と書いたが、そうやって生活しながら詩を書き続けていくという行為自体が、菅原にとっては自然なかたちだったに違いないのだ。

単行詩集八冊のうち、最初の二冊は種類の違うものだったように思う。つまり、第一詩集は、書きたいという欲求にまかせて綴られた抒情的なもの。第二詩集は、抒情をより深く掘り下げ、詩の方法論に立ち返って書かれたもの。そしてこの第三詩集以降は菅原克己の、いわゆる確認の詩に入るのではないかと考えている。

菅原克己の詩は数々のアンソロジーにも取り上げられていて、それらの詩の解説などを読むとなかなかおもしろい。とくに新潮社版の『日本詩人全集』(一九六九年)34巻、「昭和詩集二」、大岡信の解説がいい。この解説は主に『日の底』のなかの「空気の部屋」という散文詩にあてられたもので、その他の詩のことにも概括的に記してある。後半を部分引用する。

　この詩はさまざまな意味に翻訳して読むことのできる秀作である。菅原克己は「自由」ということにとらえ難い状態を、このようにみごとに形象化してみせた。そこには過去の体験が結晶核として生きて働いている。しかし同時に、菅原克己は「野」「朝」「ぼくらにある住家」「小さい歯」「ブラザー軒」などの愛すべき、透明な心情を軽やかな措辞に生かした作品をも書いており、この種の抒情的作品においてみられるこの詩人の一面は、明るさと繊細さとにおいて傑出している。

最初に読む人にとっては、うってつけの解説ではないかと思う。菅原克己の詩を、「透明な心情を軽やかな措辞に生かした作品」として読んでいただいてもまったくかまわないし、かえってそのほうが詩に入りやすいことは確実である。そして、確かに菅原は「明るさと繊細さとにおいて傑出している。」のである。だが、菅原の詩はそれだけではない。むしろ表面的な観察であろう。

第二詩集『日の底』では、「光」や「日」や「陽」や「明るさ」などという言葉が多く使われていた。もちろん、そのままの意味を用いて読んでもかまわないが、実際はもっと別な、逆説的な意味合いで使われている要素も頭に入れておくことが大事である。第三詩集『陽の扉』においても同じことである。まずは、タイトルにもなった、「陽の扉」をみてみよう。この詩は1~3に分かれている。まずはその1を引用する。

陽の扉

1

陽はいつものように輝き、
風はカーテンをなびかせる。
彼女は庭さきで犬のノミをとり、
ぼくは部屋のなかからそれを見ている。

二つの影は
仲よく大地にうずくまり、
日は汗ばんでなにごともなく、
今は夏。
なにもかも
陽のまばゆいひと打ちに消え去る。

まったくいつもこうだった、
すべてのことがらは。
そして
この地上は静かで、
もう少うし大きく、
いま、ぼくらの上を
チラと
ふたりの四分の一世紀が通ったばかりだ。

夏のある一日、庭先で愛犬のノミをとる彼女がいる。部屋のなかからそれをみている作者がいる。菅原は昭和三十一年に調布に引っ越している。『日の底』出版の二年前であり、この『陽の扉』が出版されたときはちょうど移り住んでから十年が経っている。ぼくは訪れたことはないが、文学学校の生徒、サークル関係の詩人たちはよく菅原家に集まって夜遅くまで詩の話をしたというのを聞いたことがある。さて、この詩だが、太陽の光である「日」と「陽」を使い分けている。「日」は太陽の光全体に関するとき、つまり「その日一日」という意味に用い、「陽」は太陽の光、そのものを指していると思われる。とすれば、さしずめ、この詩はあかるい太陽の日差しのもとに書かれたものであろう。ただ、主人公の「ぼく」の場所に注目しよう。「ぼく」はあくまでも部屋のなかから「彼女」と「犬」をみているわけで、「ぼく」自身に陽は当たってはいない。陽の当らない場所にいるのだ。そして、「ぼく」はこの光景を幸せな光景だと感じてはいるが、それは太陽の光、つまり「陽」によって「ひと打ちに消え去る」ものなのだといっている。

時の流れは非常に早く、人のおこなってきた行為は、幸せなことも不幸せなこともすべてはこうやって一瞬のできごとであり、その「時」を大切にしよう、と語っているように思える。ぼくにはこの詩が、「陽」は自らにそそぐものではなく、一瞬の幸福を照らしているだけであり、或る面において否定的に使われているように感じられるのである。

「陽の扉」の2をみてみよう。

2

彼は涼しいうちに野良に出る。
ぼくは目覚めて
すでに畑を耕す彼を見る。
彼は一息ごとに土に鍬を入れて
大地の皮をはがす。

ひるま、
畑のまん中の樹の蔭で
彼は寝てしまった。
彼の樹木は
彼の身体をすっぽり入れるほど大きい。
燃えあがる天空の下の
そのちっぽけな葉っぱでつつむほど。

彼は麦わら帽子をかぶる、
プロヴァンス風に。
車をひいて帰るとき
ぼくに玉蜀黍をくれる。
そして言葉のかわりに歯を見せる。
彼の背後で最後の陽が
雲の裂け目にまっかな刃を刺す。
すだれを垂らすようにカナカナが啼く。

そして、いま
農夫はその仕事のすべてを終えた。
――隣人よ、
君が働くようにぼくは詩を書く、
プロヴァンス風に。
これは君が教えてくれたことだ。

この詩に登場する「彼」と呼ばれる農夫は、後の第六詩集『夏の話』(一九八一年、土曜美術社）の「佐須村」で登場する「平八つぁん」であると思われる。菅原は、隣に住む同年のこの農夫に、親近感を感じていたようである。とくに難しい言葉もなく、みた事実をそのままに書く手法である。この詩は詩の技術がどうであるとかを語るものではなく、菅原の詩に対する姿勢をみるべきであろう。農夫が畑にでて、大地を耕し、少しの収穫を分けてくれる。言葉などいらない、一つの表情だけで、すべてが理解できる世界なのだ。農夫の労働行為を自分に置きかえてみると、それは自分にとっての詩を書く行為なのである。素直に自分の仕事を見直している、いい詩であると思う。「プロヴァンス風に。」という詩句がなんとなく、アルルでの画家、ゴッホを連想してしまうのはぼくだけであろうか。さて、「陽の扉」の3は次のような詩である。

3

今日、目の前で
誰もいない自動車のクラクションが
突然鳴り出してとまらなくなった。
都会では何もかもふいに鳴り出す。
それで

これほど何も聞えないところはない。
夜、
陽焼けした農家のおかみさんが
ぼくに言ってきかせる、
とうもろこしが実ると
カナカナが啼くのはほんとうだ。
カナカナは朝ねむたいときと
日暮れがたに啼く。
それはうす暗がりでしか啼かない、と。
〈彼女はよく笑う、
顔が邪魔なくらい〉

——それはひぐらしでも、
農家のおかみさんでもなく、
ただ、この日の終りに
ぼくが、ぼく自身に与えるものだった。
ここではいまごろになると

三丁さきの畑道の対話がよく聞える。

菅原の詩をずっと読んでいると、「陽」や「日」に関する言葉をよく目にするが、音に関する言葉にも注目をしたい。たとえば、風の音、蛇口からほとばしる水の音、樹々のざわめき、楽器の音など。逆に、「沈黙」も多い。夜の静けさ、静か、うつむく、無言で、などの言葉があり、詩、全体が沈黙のなかで展開するものもある。音をだしながらもこの沈黙を表現しているのは『日の底』のなかの「ブラザー軒」が典型であろう。

この「陽の扉」3の詩も、音を題材にした詩である。突然鳴りだす自動車のクラクション。農家のおかみさんは、とうもろこしが実る時期になるとカナカナが啼くという。日常のさり気ない一コマを写しだしているのだが、最後の連〈――それはひぐらしでも、／農家のおかみさんでもなく、／ただ、この日の終りに／ぼくが、ぼく自身に与えるものだった。〉は何をいいたいのだろうか。一日の終わりに自分自身に与えるもの。たぶんそれは、一つの「静けさ」なのではないだろうか。一日を終えたことに対する、自分への安堵感。幸福と平和。仕事の他に、多くのデモや、論争に交わってきて、力を使い果たす。そして、たどり着くのは、調布という静かな町。夕刻になると静けさに包まれる「三丁さきの畑道の対話がよく聞える」場所。そんな場所で、ぼく自身に与えるものは「静寂」である。いいかえれば「安らぎ」といっていいかも知れない。一日の終わりに、陽の扉は閉まり、やってくるものは静寂と夜の暗さなのである。ここでも、菅原は、明るさのなかから自らを暗い場所へと移動させているのがわかる。

「家」および「家での出来事」においても、菅原はある種の感慨があった。生涯にわたって書き続けてきた題材でもあり、また自分の落ち着ける場所、そして人生の象徴であった。第一詩集『手』においても、「晩餐」、「自分の家」、「やけあと」などの詩があり、第二詩集『日の底』では、「夕暮れの詩二つ」、「ぼくらにある住家」、「練馬南町一丁目」などがある。どれも重要な詩であり、菅原の基本的姿勢がわかる詩だと思う。『陽の扉』では「帰宅」という散文詩、「住家」、先ほど紹介した「陽の扉」なども「家」の詩であるといえよう。ここでは「住家」を考えてみよう。

住家

もしも
家に戻りたい
などという考えもなく、
家がただそこにあって
栓をねじれば水がほとばしり、
灯がつき、

火があるとしたら、
ぼくのくらしは
何の摩擦もなしに
いい暮しであるだろう。

ぼくは本を読み、
ぼくのかみさんは
じゃが薯をむくだろう。
暮しということが
ただそこにあって、
ちっともぼくに
特別のこととして
やってこないとき、
それはだいじな暮しなのだろう。

けれども
ぼくは思う、

いい住まいのことを
このように望むのが
すでにふしあわせなのであって、
もう住まいのことなど
考えないところに
ぼくがいるとき、
そのとき
ぼくはもっとやさしくなるだろう。
だれにも目立たず、
自分たちの暮しだけが
いちばんいいとさえ思わず、
いちばんいい
自分たちを思いだすだろう。

一緒に話してくれ。
ぼくらの住家がなくなるとき、
ぼくが忘れていたたくさんのことを。

幸福というものの思想の一端が、ここにみえている。あるいは、菅原の「家」というものに対する、価値観が隠されている。

だれしも、自分だけはいい暮らしをしたいと考える。では「いい暮らし」とはいったい何なのであろうか。大邸宅に住むことであろうか、高級な椅子に座ることであろうか。けっしてそのようなことをいっているのではない。住まいのことなど考えることがないような生活が、「いい暮らし」なのだといっている。

ぼくは、この詩において、三連目の「そのとき、／ぼくはもっとやさしくなるだろう。」という表現に注目したい。なぜなら、この部分は、順当に書き表すとしたら、その前の行の「ふしあわせ」に対応して、「そのとき、／ぼくはしあわせなのだろう」的な表現になるはずだからだ。それが自然ではないだろうか。だが、「やさしく」という言葉になっている。菅原の考える「やさしさ」の根本がここにある。だれでもが幸せで平和な暮らしが送れることこそが、「やさしさ」の基本なのだ。暮らしは難しいことを要求しているものではない。普通に蛇口から水がでて、火がある生活、ぼくは本を読み、妻がジャガイモを剝く生活、つまりは平凡な暮らしであること。「もう住まいのことなど／考えないところに／ぼくがいるとき」なのである。この謙虚さのみが人をやさしくさせるのである。

菅原は第二次世界大戦禍をすごし、空襲によって自身の家が消失する経験を持つ。われわれ戦後に生まれた世代は、ましてやぼくらのような高度成長期に生まれ育った人間にとっては、「家」があることはもはや普通のことであり、最高の幸せとは考えにくい。だが、はたして本当にそうだったろうか。もっと素直に謙虚に、「家」があった、「家庭」があった、という事実を幸福の中心に据えてもいいのじゃないかと思う。「住家の事、それ自体を考えなくてもいいのだ、ということが幸福である」、という思想。つまり、今の時代にいいかえれば、「自由に生活できる場所、普通に暮らせる場所がある」、それが最高の幸せなのだということだ。いや、「今の時代」だけでなく、「いつの時代も」といい直そう。それを感じられるとき、人はやさしくなれるのである。なお、この詩は二〇二〇年の夏に『暮しの手帖』8―9月号の「いまこの詩を口ずさむ」という特集にも選ばれ、掲載されている。

さて、詩集の一篇一篇を取り上げていくのもいいが、この『陽の扉』に関しては全体的な評に移りたいと思う。最初にぼくは、菅原の詩集は、第三詩集以降、いわゆる確認の詩に入るのではないかと書いた。

よく詩人の第一詩集には、詩人のすべてが内包されているといわれる。菅原についてもある面、詩の資質は第一詩集に凝縮されているのである。室生犀星の詩に出合い、影響を受け、詩人である姉の紹介で、中村恭二郎という詩人を知り、詩を教わる。イデオロギー的にはマルキストの道を歩む。非合法時代には共産党の「赤旗」のプリンターまでこなし、検挙され、拷問される。詩が好きで、小さな抒情詩をポツリ、ポツリと書き、やっとたどり着く第一詩集

『手』。その後は、自分の詩を見直して、詩に深みをと考えた。結果、第二詩集『日の底』が生まれる。菅原はこの『日の底』により、詩のなかで生きるのである。第三詩集『陽の扉』においては『手』と『日の底』の詩を、もう一度、書き直してみるという、再確認作業とされる詩が何篇か見受けられるのだ。一つの詩作品のモチーフを別の角度から違う作品にしていくという作業である。もちろん、成功する場合もあれば失敗することもあるだろう。そして、モチーフのなかでの新たな側面もみえるかもしれない。きっと、自分自身のなかでどうしても書かざるを得なかったことなのでもある。だから、再び、書きはじめるのだ。

非合法時代の活動を書いたものには、「童話の仲間」「自慢話」「むかしの人」などが入るであろうか。日常をベースに情況をうたうものには、「住家」「やきとり・蛮屋」「胃袋の上の方が涼しい」「飼犬ダリ」「ふたたびダリに」「陽の扉」「手紙の名人」などがあるだろう。「金髪の中の銀髪」「西部劇異聞」などは、映画的・演劇的な手法の詩であろう。「帰宅」「娘」などの散文詩も、菅原がもともと持っている主題が表れたものである。いずれの詩も、『手』『日の底』でのモチーフを新しく自分の状況に照らし合わせて書き直されたものであり、それはとりもなおさず、菅原の詩の確認作業というべき詩になっている。

もう一つ、この詩集には特徴的な詩がある。組織と団結のはざまで自殺した若い党員のことを書いた「聖バレンタインの日の夕べ」という詩だ。また、無実の死刑囚のことを語った詩「死の囚人」という詩もある。どちらもかなり力が入った作品で、長篇である。「聖バレンタインの日の夕べ」から、部分的に引用しておこう。

聖バレンタインの日の夕べ

——二月十四日の日に

ある祭の日、
一人の青年が
ベッドの外に
手を垂らした。
そのとき、
ふいに
世界は静かになった。
——朝、
起きて、
顔を洗い、
ごはんを食べる。
仕事に行く。

他人にも
やっぱり朝がきて、
ごはんを食べ、
仕事に出てくる。

（中略）

――ある日、
ふいに世界が静かになる。
煙がのぼり、
老いたる母は魚を焼き、
そして彼は
ベッドの外に
静かに手を垂らす。
聖バレンタインの日の夕べ、
まわりに暗くひろがる
巨大なものに覆われたまま。

ここでの菅原は、知識や教養で詩を書き連ねるのではなく、事実や事件を自分に引き寄せて書いている。これを書いて、誰かを糾弾したり、世間に対して反発したりするものではなく、一人の人間としての観点から書いている。視点が平等であり、起こったことと作者との比較で物事を捉え、いちばん下の位置から詩の言葉を発しているため、読者との和解がうまれてくるのだ。菅原の詩の柔らかさ、やさしさが詩の一行一行に凝縮され、噛みしめるように書かれている。

詩人と読者との信頼関係はこんなところからも、もたらされるものなのではないだろうか。

四　詩とは何か・『遠くと近くで』

もし菅原克己の詩のなかで、代表作とされるものは何かと聞かれれば、「ブラザー軒」(『日の底』所収。本書一三五ページ)と答えるかもしれない。

それからもう一つは「マクシム」であろう。菅原克己という詩人を知っている人の大半が「マクシム」を代表作という。そして、好きな詩として取り上げている。他にも散文詩の「日の底」がいいという人もいるだろうし、「手」や「野」、「一つの机」であるという人もいるかもしれない。

『遠くと近くで』(一九六九年、東京出版センター)という詩集は菅原克己の第四詩集であり、「マクシム」はこの詩集に納められている。前詩集『陽の扉』から三年後の一九六九年の作品だ。まずは「マクシム」からみてみよう。

マクシム

誰かの詩にあったようだが
誰だか思いだせない。
労働者かしら、
それとも芝居のせりふだったろうか。
だが、自分で自分の肩をたたくような
このことばが好きだ、
〈マクシム、どうだ、
　青空を見ようじゃねえか〉

むかし、ぼくは持っていた、
汚れたレインコートと、夢を。
ぼくの好きな娘は死んだ。
ぼくは馘になった。
馘になって公園のベンチで弁当を食べた。
ぼくは留置場に入った。

入ったら金網の前で
いやというほど殴られた。
ある日、ぼくは河っぷちで
自分で自分を元気づけた、
〈マクシム、どうだ、
　青空を見ようじゃねえか〉

のろまな時のひと打ちに、
いまでは笑ってなんでも話せる。
だが、
鍼も、ブタ箱も、死んだ娘も、
みんなほんとうだった。
若い時分のことはみんなほんとうだった。
汚れたレインコートでくるんだ
夢も、未来も……。

言ってごらん、

もしも、若い君が苦労したら、
何か落目で
自分がかわいそうになったら、
その時にはちょっと胸をはって、
むかしのぼくのように言ってごらん、
〈マクシム、どうだ、
　青空を見ようじゃねえか〉

菅原の代表作だといえるだろう。ぼくも菅原克己を読みはじめた当初から、大好きな一篇であった。この詩を何度も広げて読んだ。声にだしてみたりもした。

新日本文学会での文学学校の組会が終ったあとなどは、いつもだいたい飲み会になったのだろうと想像する。そういった場所では、誰彼なく、菅原を囲んで話が弾み、酒の酔いも手伝って詩の朗読などがはじまるのだろう。そういうときの定番の詩として、「マクシム」は詠われてきたのではないだろうか。人がふいに口ずさみたくなるような詩句がそろっているのである。ぼくがこのように書くのも、詩人、栗原澪子の『『日の底』ノート他』（二〇〇七年、七月堂）に次ぎのようなエピソードが書かれているからである。

—略—菅原さんの詩の朗読されるのを私は何度も聴くことがあった。「マクシム」という詩が一番よく読まれていた。—中略—若者たちは「マクシム、どうだ、／青空を見ようじゃねえか」のところで気合いを入れる。始めから終わりまで悲壮に節づけして朗読する者もいる。菅原さんはそんな時、目尻だけの笑いに声のない口をちょっと開け、はにかむような、呆れ気味のような表情で聞いているのだった。

一篇の詩を皆のまえで朗読をする…今の時代ではあまり考えられないような感じもするが、一九六〇年代から七〇年代にかけては、詩はもっとも大衆に受け入れられていた時代であったし、当然のことであっただろうと思う。栗原さんの、菅原克己の表情の描写、「目尻だけの笑いに声のない口をちょっと開け、はにかむような、呆れ気味のような表情で聞いているのだった。」というのがとてもいい。これは実際にみていなければ書けない文章だ。この文章だけでも、菅原の人柄が想像できる。

さて、もちろん菅原自身は朗読用にこの詩を作ったわけではないだろうが、愛唱されるに適した詩といえる。第一に、リズムがいい。詩句はシンプルな言葉で構成されていて、難しい言葉がない。詩の組み立てもいい。どこかに古めかしい語り口があって、郷愁を誘うような感じだ。何より、読む者に勇気を与えてくれるのである。と、ここまでは、誰もがこの詩を読んで思うことである。

そこでぼくは、第一詩集『手』の章で指摘した映画的・演劇的特徴に触れたいと思う。「マクシム、どうだ、青空を見ようじゃねえか」の部分は、自分に向かってのお芝居、自分を元気づけるおまじないというようないい方がされている。それは菅原自身がこの詩のなかで、一つの物語を作っているからである。もちろん、詩は脚本や台本ではないわけだから、細やかなストーリーを詩で書くことはしない。むしろ、第一連目は映画でいえば、タイトルバックのような感じで、ドンと詩のイメージを掲げているのだ。物語は二連目からはじまる。

西原大輔著『日本名詩選3（昭和戦後篇）』（笠間書院、二〇一五年、）という本のなかでも「マクシム」は紹介されていて、この本には下欄に詳細な注がついている。そのなかで、「汚れたレインコート」には、次のような解説があった。

*汚れた——貧しさや苦境を印象づける表現。
*レインコート——風雨から身を守るもの。厳しかった詩人の人生を暗示する。左翼詩人関根弘の詩「レインコートを失くす」（『死んだ鼠』一九五七年）を意識した表現。

当然のことながら、むかしぼくは持っていたがいまはもう亡くなってしまった夢、と同等なレインコートは、「厳しかった詩人の人生」を暗示させることになっている。これが物語のはじまりなのだ。好きな娘は死に、ぼくは職場を馘になる。つまり仕事を失うのだ。留置場に入り、金網の前で殴られる。当時の、菅原が関与した非合法時代の活動を全く知らない読者がこれを読んだらどのように感じるだろうか。まったく知らなくても、一人の男の半生がこの数行でぐるぐると回想されるのではないだろうか。短い一行の詩句でパッ、パッ、とイメージをつなげていく。さながら、フラッシュバックの効果であるような感じもする。これが二連目である。

そして三連目に入るが、著者は「みんなほんとうだった」といい切っている。ましてやこれを「若い時分のことはみんなほんとうだった。」ともう一度繰り返してもいる。こんなにも「ほんとうだった」を繰り返されると、かえってそれは「うそ」ではなかったかと感じる読者がでてきてもよさそうなものだと思う。だが、この詩を読んで、そのように疑う人をぼくは知らない。これが菅原克己の詩のすばらしいところで、ここはもう、ほんとうのことであった、と信じ切れてしまうのである。

菅原の詩を読んで、我々は言葉の真実、信頼を感じることができる。詩が持ち得ている、言葉への信頼があるからである。菅原の詩の言葉には嘘がないのだ。菅原自身が多くの詩を読んできて、あらゆるものをみてきたからだろうと思う。労働者の詩、そしてプロレタリア詩なども相当読み込んできたのである。プロレタリア詩の言葉の節々には、イデオロギーがあふれ、大きな声になりがちであり、叫べば叫ぶほど、真実から離れていくような気持ちがしていたのではないだろうか。菅原にとって詩の言葉は体系でもなく観念でもなかった。むしろ、プロレタリア詩に対して、自分はどういう形で詩を書き継いでいこうかと考えていたかもしれない。対抗できることは、自分の内面の正直さだけなのである。自分の気持ちに正直になること。それ以外に詩を成り立たせる方法はなかったのだ。それにはまず、言葉を信じることである。自分が培った経験のなかから発せられた言葉だけが必要なのだ。菅原は、自分が信じた言葉だけを使って詩を書いてきた。だから、菅原の言葉には嘘がなく、強い。

この「マクシム」の三連目は一人の男の、人生の回想でもある。そして、今となっては何でも話せるという余裕もでてきた。ここでも菅原の詩の特徴がでている。若い時分のことを思いだし、自分の人生を振り返る。一つの確認作業だ。笑ってなんでも話せる今の自分ではあるが、本当のことだったと、納得しているのである。

四連目に入ると一気に視点は現在に向かう。むかしのぼくのように、とこれからの若い人たちを優しく気づかう感じがみてとれる。ここでも意地の悪い読者なら、上から目線のお説教的な表現ではないかと思う人もでてくるかもしれない。だが、先ほどと同じく、そのように感じた人にぼくは出会ったことはない。この理由も先の、菅原の言葉に対する正直さの表れなのではないかと思う。

「マクシム」という作品はこのように、半自伝的な映画、演劇的な要素をもちながら、また「マクシム、どうだ、／青空を見ようじゃねえか」という芝居のセリフそのもののような言葉でもって魅了されるのである。ぼくからしてみれば、この決まり文句はあまりにも、格好良すぎる。だから、この言葉に寄りかかり過ぎてしまうのではないかと思う。「マクシム、どうだ…」だけが世間を独り歩きしてしまった感じがしないでもない。たぶん、世の中に知られることは、すばらしい詩の要素のひとつかもしれないが、菅原はそこまでの広がりを意識してこの詩を書いたのだろうか。ただ単に、人生の確認の意味で、自分を慰める意味でこの詩を書いたのではないだろうか。裏を返せば、真っ当にそのままを書いたのである。自分のやってきたこと、そして、自分の気持ちを慰めること、まずは詩でもって書き表したかった。それがこの詩を書かせた要因だと思う。いや、この詩だけではなく、菅原の詩の姿勢は常に、生活を書くことだったからである。彼にとっては、いつもの日常のなかの一篇だったはずである。

ただあまりに劇的なフレーズでもあったため、多くの人がこの詩を口ずさんだ。だから、いわば菅原にとっては、普通の作品が普通ではなくなってしまったのだ。誰かが大きな声で朗読をすれば、自分はただ、「目尻だけの笑いに声のない口をちょっと開け、はにかむような、呆れ気味のような表情で聞いている」しかなかったのに違いない。

ちなみにこの詩を調べていると、一九三五年、ソ連で製作された『マクシムの青春』(グリゴーリ・コージンツェフ、レオニード・トラウベルク監督、脚本)という映画作品があることがわかった。ぼくはどうしても視聴することができなかった作品で残念なのであるが、菅原がこの映画を鑑賞し、詩「マクシム」を書いた可能性もある。または、戯曲『どん底』を書いたロシアの作家、マクシム・ゴーリキーを意識したかもしれない。
『遠くと近くで』のなかの「マクシム」の次に掲載されている詩は「詩人の喪」という作品である。ぼくは菅原の多くの詩のなかでも、この詩がもっとも好きな詩だ。ぼく自身が詩を書いている身であるということも作用しているかもしれないが、一つの作品が自分の亡きあとに元気よくでてくる、という願いは、詩、または文学というものの使命を語っているように思えてならない。

詩人の喪

ぼくは
ある日、死ぬだろう。
(それがぼくの好きな
夏の夕暮れだったらどんなにいいか)
すると、
いままでのぼくの詩のすべてが
にわかに活気づくにちがいない。
母親が残した古いオルガンも、

霧雨のなかを
仕事着を抱えてやってきた娘も、
警察の取り調べ室で
ぼくと一緒にころがった椅子も、
死んで
頭の上あたりに水仙など植えられたダリも、
みんな生きいきと
よみがえるだろう。
そこにはぼくのかみさんもいるだろう。
するとダリは、また
風が光る麦畑の中を駆けまわって、
裏の平八っあんの小言を食うだろう。

——出ておいで、元気よく、
ぼくの小さい詩たちよ、
ある日、ぼくが死ぬときに。
道ばたのうす紅いはちすの色もそのまま、

明るく、かるやかに連れだって、
ほんとうは、生涯で
陽気なことだけが好きだった
お前たちのこの主人の願いさながらに……。

まったく比較の対象にはならないが、フランス象徴派の大詩人、アルチュール・ランボーの詩のなかに、「感覚」という短い詩がある。代表的な作品なのでご存知のかたも多いだろう。あえて引用はしないが、ぼくはその「感覚」という詩を思いだす。まったく菅原克己を読んでランボーを想起するのは、あり得ないことかもしれないが、ぼくのなかではそのような現象が起きているのだから、不思議でもある。共通の点があるとすれば、「夏の夕暮れ」だけかもしれないが。

「詩人の喪」は、もちろん「死」を扱っているのだけれども、菅原の詩はいつも死に対する陰気さがない。暗くジメジメしたものではなく、まったく逆で、菅原が死ぬことによって、書かれた詩がよみがえって、生き生きとする。

ここで、もう一つの菅原のキーワードである、「光」や「明るさ」をみてほしい。「詩人の喪」のなかでも、しきりに明るさがうたわれている。また、「光」という言葉のかわりに「活気」とか「生きいきと」という言葉が使われている。そして、この詩のなかでも、菅原の居場所をみてほしい。基本的には、菅原の死後のことをうたっているのだ。すなわち、菅原自身は光を感じることはないであろう。光を感じない場所にいるのだ。「夏の夕暮れ」という、陽が落ちて暗くなる、という意味合いの言葉もそう考えると象徴的だ。菅原は、いつも自分は暗い場所から皆を明るい場所へと導いている。そして、自分は生涯、陽気なことが好きだったのだと、これはまた嘘偽りのない言葉であろう。

さて、ずいぶんと詩集『遠くと近くで』の掲載順序とは異なった文になってしまった。最初に「マクシム」と「詩人の喪」を紹介したが、この詩集には菅原の詩の特徴をよく表している作品も多い。最初に掲載されている「日常の椅子」も、これが菅原克己の詩だなあ、と思わせる書きぶりなのだ。

日常の椅子

誰かがいるようだったが
誰もいない。
ぼくは町から帰って
重たく腰をおろす、
自分の上に腰かけるように。

——テーブルと、
椅子が三つあれば
それだけで人生が書ける、と
チェホフはいったが、
ぼくの家には椅子が二つしかない。

——もう帰ったの……
妻がいつものように手をふきながら
台所から出てくる。
そしてもう一つの椅子に腰をおろし、
それから、ゆっくり一服つける。

最初の二行からして、これは菅原のいいまわしだ。「マクシム」でも同じような書き方をしている。そして、チェホフがでてくる。劇作家、短篇小説作家としてのチェホフを菅原は意識していたのであろうし、物語の筋を中心に書く作家ではなく、人を、それも生活する人を書く作家であったため、とっても好みに合っていただろうと思われる。チェホフと椅子を題材に、詩のレトリックをうまく使った書き方だ。けっきょく菅原には、椅子が三つなく、二つだけでも、この詩のように人生を書いてしまっている。ということはもしかして、チェホフ以上なのかもしれない。

次に、これも短い詩だが「遠いところで」という詩がある。ここにも菅原詩の特徴である「音」がでてくる。

遠いところで

遠いところで音がする。
それはいつでも耳にするが
近づけない。
あなたはそれを手ぢかに聞く、
蛇口からほとばしる水音のように。
ぼくの思いは遠いが、
あなたはそれをいつも手でつかむようだ。
同じだと言ってくれ、
ぼくの耳にするものと
あなたの手にするものと。

それでなければ、
ぼくのは、
最初からの、死ぬほどの
まちがいなのだ。

具体的な詩のようだが、意外に観念的な詩になっている。ただ、ここで問題になるのは、作中の「ぼく」が聞いている音と、「あなた」が手にするものだ。これはつまり、同一のものであってほしい、と願っているのだ。詩は読者が想像すればいいことであって、不必要な解釈はいらないだろう。ただ、ぼくが思うのは、その音（手にするもの）は「日常の幸福」ではないかと思う。毎日、蛇口をひねれば水がでることの幸せである。毎日の住家があり、蛇口をひねれば水がでてくる、という当たりまえのことが一番幸せなのだという、考え方だ。だから、「あなた」から日常というものが一番の幸福なのだといってほしいと願っているのである。そうでなければ、根本からの考え方が揺らいでしまうよ、といっているかのようである。「蛇口からほとばしる水音のように」という言い方は菅原の詩からたびたびみられる。つまりはこのような、幸福に対する具体的表現が蛇口からほとばしる水音、となっているのである。これは菅原詩のいちじるしい特徴だ。

「浄瑠璃世界」という詩がある。これはむしろ菅原詩のなかにあっては異質なような気がする。

浄瑠璃世界

女は涙をためながら男にいう、
そんなことは二度としてくれるな。
ゆうべのテレビの
人形芝居でそういっていた。
ぼくはお前を見る。
しかし、ぼくからことばは出てこない。
節はむかしのことばをくりかえす、
なぜならばぼくらはふたりしかいないのだから。
なぜならばお前はぼくとしかいないのだから。

――女は涙をため、
男は黙し、
太棹の三味線が鳴りわたり、
語りと、小さな舞台と、黒子が、

はなやかに廻りながら
ただ、はなやかに消えてゆく。

テレビの人形芝居をみての一篇であろう。そこから自分たちの姿を投影させている。しばしば菅原は自分の詩のなかで、自分の過去を振り返る。非合法時代にプリンターとして活動していたことや、検挙されたことなど。また、空襲によって焼けだされた家のことなど。彼の過去は一つの時代を感じさせ、作品自体が具体的なものとなり一つの語り口を作っている。しかし、この「浄瑠璃世界」という詩においては、過去に対してのいままでの感情移入をすべて拒否していこう、拒否したい、という感じである。テレビのなかの「人形芝居」をみている作者自身、これもまた一つの映画のワン・シーンのようでもある。「女は涙をため、／男は黙し」は人形芝居のなかでのことか、それとも、詩のなかのぼくとお前であろうか、どちらでもあると読むこともできる。自分の過去を詠ってきた詩人として、もう過去は詠うまいとも読みとれる詩であり、詩人としての詩精神が垣間みえる。自分の過去を書くことで確認してきた菅原詩のなかにあっては、異質なものであろうと思う。

この詩集のなかでも、一つの大きなタイトルの下に、小さな詩を何篇か続けた作品がある。「小さい愛の話」では、五篇もの詩が載っている。その最後の詩を紹介したい。

5　もうすこしいいことを

ぼくはいやなことを
一つ一つかぞえ、
その上でいいことを
一つ一つかぞえる。
その上で
もうすこしいいことを
だれにも知られず
自分のなかにかくす。

——娘よ、
もしも、君のように
できたならば……。

一つの祈りのような詩であり、おもしろい。または寝る前のルーティンみたいでもある。菅原の詩において、「いやなこと」つまり絶望を書かない、ということは特徴的である。マイナス思考にならないというべきだろうか。あるがままを一つ、胸のなかに納めるという感覚だ。だれにも経験する嫌なことは、どうしようもないことである。それはそれとして、自分のものとして受け止めよう、次にまた上をみることをしよう、という考えを常に持ち続けている。これを日向性というならそれでもいいかもしれないが、現実からまずは目をそらさないという姿勢が菅原にはある。

この連作詩の形式が好きだったようだが、とくにこの詩集では目立つ。「小さい愛の話」（五篇）からはじまって、「センチメンタル・クリスマス」（三篇）「十月、そして十一月」（四篇）「三つの話」（三篇）「ぼくの中にいつも」（三篇）と続く。この詩集の最後に載っている「USSRの小さい葉っぱ」も連作の機会詩で、八篇からなっている。

もともと菅原の詩に対する考え方のなかには、「小さい事」という概念がある。「びーぐる詩の海へ」第45号（二〇一九年十月）の「いま、菅原克己を読み返す」という特集で、小沢信男が巻頭エッセイでこのように書いていたので引用してみる。

——略——「小さい」という言葉がある詩を全詩集から拾いだせば、一冊の詩集が編めるほどだそうです。この詩人にとって、小さいものこそが大切で、それでこそ長大な時間も、空間も、右のごとくに描きだせたのでしょう。

大言壮語や誇大妄想の類をしりぞけ、詩人は現実に密着する。そして超える。軽々と。日常普段のなかの出来事を、普段の言葉でしか語らない、普段着のシュール・レアリスム！　この人の詩に、なんとなくなぜか惹かれる一因が、ここらではないか。

菅原にとっての小さいこととは、詩としての形式を考えた上でどうしても外せない事柄だった。つまり、一つの詩のなかに盛り込めることといったら、日常のほんの些細なことしか書くことができないからだ。詩のなかに盛り込めるもの、それは大きな事柄はとうてい無理であろう。生活の断片、つまり小さなことしかないのだ。逆に詩は小さなことを書くのに適している。小さなことを集めれば、一つの大きなことが表れてくる。けっきょく、詩とは小さなものの集まりであって、その集まりにおいて大きな表現に到達できるものなのだという考えだ。菅原の詩は、「小さい」ということに関して突出している。小沢信男ならではの、「普段着のシュール・レアリスム！」という発言は、また大胆な意見だが事実その通りだと感じた。

2　駅前広場

10月8日と
11月12日の間の日に、

ひとりの若い奥さんが、
駅前広場でカンパを訴えている
ジャンパー姿の学生に出会った。
奥さんは
ゼンガクレンが嫌いだったので、
通りすぎようとして、
ふっと、お世辞を言った。
からだに気をつけて
しっかり頑張んなさいな。

すると、
学生の眼から
みるみる涙があふれた。
若い奥さんはびっくりして
そのまま家に帰り、
夫に話しした。
何度も、

ため息をつくように話しした。

――あの学生が、泣いた……。

「三つの話」というタイトルの二番目の詩で、「駅前広場」を引用してみた。

まあ、なんとたわいもない話だろうと思う。奥さんのたった一言のお世辞で、学生が泣く。それだけのことを菅原は書く。カンパのお願いをしている全学連の学生。学生がどのような状況に置かれているかはわからない。ただ、奥さんのお世辞でいった言葉に、反応して泣いてしまう。奥さんはびっくりしてしまい、また動揺しているかのようだ。一つの断片、一つの印象深い事柄。人間、生きていくなかでいくらでも小さな状況にぶつかることはある。すばらしき詩人は、小さなできごとを見逃さない。逆に小さい事柄を一つずつ積み上げていくのである。

「マクシム」という詩でもそうであったが、過去のできごとをなぞっていく形の詩も菅原には多い。この詩集でも、ところどころに散見される。「童話の仲間」（同タイトルで内容の違う詩が『陽の扉』にもある）であるとか、「西巣鴨の記憶」、「ぼくの中にいつも」の「1　防空頭巾」などである。とくに「西巣鴨の記憶」は、第二詩集『日の底』のなかの「練馬南町一丁目」という詩と相通じるような雰囲気を持った詩である。練馬南町に住居があったのは大正十三年から昭和十二年頃までの十三年間で、昭和十三年からは西巣鴨に移っている。ここは妻ミツの実家であった。詩のなかにも、義理の母親に、仕事には行けずに公園で弁当をたべ、バレてしまったことが書かれている。菅原克己、二十七歳頃のことと思われる。菅原が自分の過去を書くとき、感傷的にはなるが、べったりとした重たいものがない。自分のできごとではあるが、客観的な目が入っているからだ。詩に必要な要素として、この〈客観的にみる〉ということは特に大事である。自分のことを書きながら常に他人の感覚が含まれていて、遠くから眺めながら書き記しているようだ。特に菅原の詩には、後々の自分をみながら懐かしんでいながら、どこか自省しているような感覚にも読めるのだ。

一九六五年九月から十月にかけて「日ソ文学者シンポジウム」の開催でソビエトを訪れたときに書かれたと思える、「USSRの小さい葉っぱ」は、菅原には珍しく長篇詩だ。モスクワにいて、調布、佐須町のことを想う菅原がいる。赤の広場をみて、ゴーリキー公園で落ち葉の音を聞く菅原がいる。そこには、貧困も戦争もない、人々の暮らしがみえる。詩のなかには、旅先でみつけたオケージョナル・ポエム（機会詩）としての発見があり、決してイデオロギーを書かない姿勢が清々しさを与えてくれる。

最後になるが、もう一つ記しておきたいことがある。永井出版企画の『定本菅原克己全詩集』（一九七九年）、西田書店版の『菅原克己全詩集』（二〇〇三年）には、「遠くと近くで」未刊拾遺詩篇として「雑司ガ谷墓地の小さい墓」と「ヒバリとニワトリが鳴くまで」の二篇が掲載されている。「ヒバリとニワトリが鳴くまで」はこのタイトルのもと、十六篇もの短詩が載っている。菅原克己の詩を知る上でもかなり重要な詩があるので、三篇ほど紹介しておきたい。

13

どんなに忍耐強く、
小さく、黙って、
人は生きてきたことだろう。
となりのおじさんは
こどもと二人ぐらしで、
勤めが終ると
こどものために市場で
魚や大根を買って帰る。
道で出会うと
大根を振りながら笑う。
ぼくが詩を書くのは
まさしく、
そのことが詩であるからであって、

詩が芸術であるからではない。

14

きのう、
さわやかな目覚めに
わが家に朝陽がさしているのを見た。
それから、
かみさんが野菜を切る音を聞いた。
ぼくはささいなことが好きだ。
くらしの中で
詩が静かな不意打ちのように
やってくるというのは
ほんとうだ。

15

何も書けないときがある。
ぼくはいよいよ絶望だ、
などと思う。
すると、そのとき
絶望ということばが
もう、のどもとあたりにひっかかっている。
事大主義、深刻、見せかけ、難解、
それがいちばん嫌いだったので
ぼくは詩人になったはずだ。
元気を出せ、
ぼくが詩を書くのは、
いつもその先のことだ。

13、14、15と三篇を取り上げたが、菅原の詩への想いがいっぱいにつまっていると思う。青森に住む、医師で詩人の小笠原眞さんが、『続・詩人のポケット』（二〇二〇年、ふらんす堂）という評論集においてユニークな詩人論を展開している。その詩人のなかに、ぼくも参列している。小笠原さんは、ぼくが菅原克己の詩から影響を受けていることを指摘し、その根本はやはりこの「ヒバリとニワトリが鳴くまで」の13と14にあると書いていた。

菅原克己の詩に対する考え方はこの三篇に凝縮されている感じもする。これを読めば、詩とは何か、を理解することができるようにも思う。ぼくも、共感し実践していきたいと考えるが、非常に大変なことだ。菅原の詩は菅原の詩として、もちろん存在し続ける。だが、詩というものがそれで完結するかというとそうではない。詩はそれほど浅くない。

ぼくは菅原の詩が好きだが、もちろん完璧であるなどとは一度も思ったことはない。逆にある意味で不完全だ。しかし一人の人間が、生涯やれることはさほど多くはなく、ほとんどの人が途中で投げだすか、終息してしまうのだ。そんななか、菅原は自分の仕事を精一杯やり遂げてきた。これが自分の詩であるというものを書き続けてきた。それが大事なのだと思う。評価をするのは後に残されたぼくたちの役目である。

五　小さいことを書く・『叔父さんの魔法』

詩集『叔父さんの魔法』は一九七五（昭和五十）年四月、朔人社から発行、箱入りハードカバーの詩集である。単行本としては五冊目、思潮社の現代詩文庫を入れると菅原克己六冊目の詩集となる。

どんな詩人にもその人なりの詩の方法がある。意識するしないに関わらず、自ずと形作られていくものである。

菅原克己の詩集『手』『日の底』『陽の扉』『遠くと近くで』と四冊をみてきたが、菅原はすでに最初の二冊の詩集で方法を確立し、実践してきた。したがって『陽の扉』以降の詩集は、自分の詩を深めていく作業なのだといえる。菅原克己の代表作と呼ばれるものが、すでにこの四詩集のなかに相当数が含まれてもいる。

では、菅原克己の詩の方法とは具体的にどのようなものだろうか。菅原は、雑誌「新日本文学」（一九六一年、十一月号）の「労働者詩人の現実と表現」という文章で次のように書いている。引用してみる。

ぼくはいつも思う。一つの詩篇にもりこむ内容には限度がある。ぼくらがどんなに複雑な現実に生きたにせよ、詩にもりこむものはその一つの断片、一つの特徴、あるいは一つのもっとも印象深いことがらにしかすぎない。その小さな節度を守ることによって、詩人はかえって大きくなることができる。そして詩人は、生涯をついやして短い詩篇をつみあげながら、たとえばボー大な長篇小説のようなものを書いているのだ、と。

この文章は林一郎という人が書いた「若樹に」という詩作品をとりあげて、その解説のなかで書いているのだが、まるで自身の詩論として成り立っている。詩で書けることは小さなことだけで、積み重ねにより大きなものを書いていくのだという理論は、日本の詩の特徴をうまく表しているように思う。つまり、西洋では常に基盤としてキリスト教があり、長篇詩、叙事詩を書く素地を持っていた。だが、日本には確固たる基盤はない。では日本の詩には何があるのか。花鳥風月でありわびさびである。また連句から俳句に進化したように、言葉をリズムに乗せる短歌が詠われたように、日本の詩歌は一瞬を切り取り、詠うことを続けてきたのである。戦後の日本の詩、現代詩と呼ばれたものはこの詩形をいったん解体し、構築し直し、すばらしい世界を築いてきたが、どうしても解体し切れないものもあったようだ。それが、日本語としての詩の本質に違いない。
日本の詩は明らかに、菅原がいうように「小さいこと」を書くのに適しているといわざるを得ないのである。「言葉の向うで」という詩を一篇引用する。

言葉の向うで

虫が啼いている。
虫の声を、
雨がふるようだと考えながら、
何となく、
ちょっとちがう、とも考えている。
草むらから溢れるようだ、といってみても、
(それはそうなのだけれど)
どこかちがうものがある。
それほど今夜は静かで
声をそろえて虫が啼いている。
そのうちこの小さな庭にも

虫たちがいなくなるにちがいない。
そのころはきっと、風が吹いているだろう。
その風の音を今夜のように
また考えこんでいるかも知れない。

この詩もたわいもない、「小さいこと」の一篇であろう。虫の声を聴きながら、声の表し方を考えている。このような経験は誰しもあるに違いない。いや、虫の声を聴いても、何も考えない人のほうが多いかもしれない。そして、虫がいなくなれば、風の音がし、今度はその風の音について考え込んでいる自分がいるだろうと想像している。

一歩踏み込んでこの詩を考えてみれば、小さい物事に関してどれだけ、自分が関心を寄せることができるか、という作品なのかもしれない。聞き流してしまう声に対して、素通りせずに、確実に自分のなかに取り込んで考えてみる。それが必要なのだよといっているようにも取れる。菅原自身はそのようなことを念頭に置いてこの詩を書いたわけではないだろう。だが、意識しなくても自然に、菅原は虫の啼く声に対して考えることをしている。

さて、「労働者詩人の現実と表現」という文章をもう少しみてみよう。

ぼくらは詩を作る上に、詩作の動機とか、発想とか、方法とか、あるいは思想だとか、いろんなものに分けられるいわば精神上の操作をもつ。

しかし往々にして、詩作の大切な鍵として、その人の内面生活、現実に対する態度、思想のあり方等だけが問題になる。もちろんそれらが基本になることは明らかだが、表現のための発想とか、方法スタイルといったものもまたその詩人の持つ全内容と深い関連があるのだ。

詩集『叔父さんの魔法』を読むと、この「表現のための発想とか、方法スタイルといったもの」にも注意をはらって詩作しているのではないかと思う作品もある。表題にもなった、「叔父さんの魔法」は愉快な発想からはじまっている。

叔父さんの魔法

むかし
アッピイと呼ばれた叔父さんが
小さい姪や甥を集めてこういった。
——おいこら、泣き虫メソコに
心配性のホドコ、

それから山嵐のホエ吉。
何をかくそう
このアッピイ叔父さんは魔法の名人。
ガラスの山のお城の
お姫さまを救うことなんか
朝めし前。
すると三人のこどもは
一せいに叫んだ。
——アッピイ、魔法を見せて！

遠く、駅の木柵が見える
明るい坂の上の
ポプラとプラタンのある家。
そこでは大きなロシアひまわりや
リボンのような紅蜀葵(もみじあおい)が咲いて、
死んだお祖母さんの声もするし、
みいちゃんと呼ばれた叔母さんもいる。

そしてお釜帽をかぶった
若い叔父さんは、
いつも姪たちに即席の物語りを聞かせた、
夢と嘘とを半々に……。
（以下略）

菅原夫妻には子どもがいなかった。それで、姉の三人の小さな子どもたちをだいぶかわいがっていたようだ。千田陽子詩集『約束のむこうに』の跋文を菅原克己が書いているが、そのなかに子どもたちのことが書いてある。部分引用してみる。

むかし、ぼくは姉の三人の小さなこどもたちにあだ名をつけた。わんぱくな長男にホエ吉、心配性の長女にホドコ、泣き虫の末っ子にメソコ。このホドコが陽子で、その頃の彼女は下ぶくれの顔に丸い鼻をつけ、世界は不安でたまらず、何かにつけてすぐ母親の背後にかくれるような神経質なこどもであった。

この跋文からもわかるように、詩「叔父さんの魔法」は、菅原が姪と甥に物語を語るという形式をとっている。何を題材にして、どう書くかというのは、詩を書く者にとって永遠の命題だが、菅原は基本的に生活のなかからそれらをみつけだすという方法に徹している。そしてこの「叔父さんの魔法」のように、姪と甥に接していたときのことを、そのまま詩というものに仕上げてしまえるのも一つの力技であるとはいえないだろうか。もう一篇、「ミルクとハンバーガー」という詩も菅原の詩の方法スタイルを表しているものとしてみてみたい。

ミルクとハンバーガー

わが友は
苦しい、なんぎな詩を書いた。
ぼくは自分を振りかえって驚く、
なぜ、あのようなものが書けないか。

ぼくにあっては
詩は昨日、
駅でハンバーガーを喰べ、
ミルクを飲んだ。
それは畢竟、

洞察力と想像力の問題で、
それはつまり、
カンタンにいえば
才能がない、ということなんだが。

——態度は厳粛であれ、
詩はきびしいほどいい。
人生に垂れた一枚の黒幕が
ぼくの眼にひっついて、
あの詩は当分
ぼくのくらやみで鳴るだろう。

だが、それにしても
ぼくはいうだろう、
彼の肩を叩きながら
ミルクは立ち飲みにかぎる、
君はハンバーガーを食うか、

ちょっと見はちがうが
ほんとうは君と
そんなにちがいはしない、と
顎のあたりで
ミルクの滴をふきながら。

「苦しい、なんぎな詩を書いた」その人物が誰で、どんな詩であったかはわからないが、自分にはあのようなものが書けないとしている。一読、自分の詩を卑下しているようにも読めるが、じつはそうではない。その、なんぎな詩を書いた君も、ミルクとハンバーガーぐらいは食べるだろう、それだったら、ぼくとさほどのちがいはないといい切っている。難しい事柄を難しく書くか、やさしく書くか、という議論もあるが、菅原はその方法論をこの詩で端的に示しているのかもしれない。難解と呼ばれる詩を、揶揄している点で独自のユーモア感覚もあり楽しい詩になっている。

「労働者詩人の現実と表現」という文章からもう一つ菅原の詩の特徴をあげてみる。

ぼくらはテーマを選んで書きはじめるとき、必ずぶつかるのはどんな角度から入ってゆくかである。まわりは矛盾に満ち、複雑をきわめている。それは従来の日本の抒情詩では決してつかむことはできないものだ。しかし、ぼくらは長い間なじんできた戦前の抒情詩にもどりたがるものを持つ。それらは今でも一般的には詩の王座をしめているのである。そこに、一種の慰安であり、主情的なものがもっとも純粋なもののようにならされてきた詩の世界がある。

この文章では、複雑になった現代社会を詩で表すのは、抒情詩では無理であるといっている。だが、それをひるがえすように、最後に残るものはやはり抒情しかないといっているように感じる。菅原が抒情詩をどのように考えていたのかの一助になろうかと思うので引用してみた。どうしても複雑になった現代社会を表現しようとすると、旧態依然とした詩の方法では難しい、ということを菅原は直視していたに違いない。だが、その反面どうしても昔の詩、四季派などにみられる日本古来の抒情詩を思いだしてしまう、といった気持ちなのだろうと思う。菅原克己が根本的に抒情詩人であったということがわかる。つまりは、どんなに奇抜な手法でもって言葉を表そうが、人の気持ちを表していく限りにおいては、詩は抒情というものを意識しないでは通れない。そして、あきらかに詩は、いや、文学は、といいなおしてもいいが、いずれの時代においても人間を書き表すものなのである。詩集『叔父さんの魔法』のなかでは、冒頭の詩、「雨の好きな少女」をとりあげたい。

雨の好きな少女

雨が好きだというので
きらいだというと
けげんそうに視つめる。
おまえが目を瞠ると
すこし外やぶになり、
おでこのうぶ毛が光った。

朝が起きてくるように
おまえはいつも
ぼくの古びたドアを叩く。
そして、砂漠の根なし木とか、
泣きうさぎとか、
大耳ねずみなどの話を
いっぱい聞きたがって
ぼくを困らせたものだった。

ぼくはいま
カナカナの声を聞いている。
陽はかくれ、
おまえの好きな雨がふるように
カナカナはぼくのまわりに
蒼い音のすだれをたらす。

亡くなった小さな子よ、
雨が好きだといえば
ぼくも、ほんとうは
そんな気がしていたのに。
おまえがくるたびに
ぼくはいつも
さわがしいところから戻れたのに。
そして、
桜草のように首をかしげる女の子に

もっと、もっと、
いろんな話をしてあげられたのに。

菅原克己の詩のなかには、少女がでてくるものがいくつかある。また、「雨」や「カナカナ」、「朝」や「陽」、「光」も菅原のキーワードとしてよく表れるものだろう。この詩においてはそれらの言葉が散りばめられていて興味深い。亡くなってしまった、雨の好きな女の子にたいして、もう少しやさしく接してあげられたらよかったのに、という悔いの念を持った気持ちを静かに語っている。詩集の冒頭にふさわしいやさしさにあふれた一篇である。

さて、この詩集は今までの菅原の詩法が円熟のときを迎えつつ、さらに深めていくという相貌をあらわしているが、、興味深い点として、小説家、小林勝に捧げた詩が何篇かある点であろう。講談社文芸文庫『戦後短篇小説再発見』⑦に小林勝の「フォード・一九二七年」が掲載されていて、略歴もあるので紹介しておく。

小林勝（こばやし・まさる）昭和二・一一・七～昭和四六・三・二五（一九二七～一九七一）朝鮮慶尚南道生まれ。本籍・長野県。早大露文科中退。レッド・パージ反対闘争で停学処分を受ける。火焔壜（びん）闘争で逮捕、実刑。この間「フォード・一九二七年」「軍用露語教程」が芥川賞候補に。少年時の朝鮮・中国での体験から日本人の差別意識を追求する作品を書く。

「断層地帯」「檻」(新劇戯曲賞)「強制招待旅行」「チョッパリ」等。

この略歴に補足するとすれば、一九四八年日本共産党に入党し(後除名)、新日本文学会にも所属していた。腸閉塞により、四十三歳で死亡、となるだろうか。

菅原克己とは、新日本文学会を通じての雑誌『文学の友』や『生活と文学』などの編集をとおしての付き合いだった。小林勝には一九七五年十一月に白川書院から『小林勝作品集』全五巻がでている。作品集の編集には中野重治、野間宏、長谷川四郎とともに、菅原克己も携わっていて、第三巻には「思い出すままに」と題した解説を含んだエッセイも書かれている。これは、菅原が小林勝に初めて会ったときから、死別するまでの思い出の記である。小林勝の詩の解説から、飲み屋でのエピソード、小説家としてどのような姿勢で毎日を過ごしてきたかが克明に書かれている。原稿用紙二十枚以上の解説であるため、ここでは引用しないが、興味のあるかたはぜひ読んでみてほしいと思う。ちなみに『菅原克己全詩集』の年譜には「『小林勝作品集』第二巻に解説を執筆する。」とあるが、これは第三巻の誤りである。

「思い出すままに」では、最後に小林勝に宛てた詩が一篇掲載されていて、『叔父さんの魔法』に収録されている。「丘の上の小さな家」と題された連作「いつの間にか夏になった」、「丘の上の小さな家」、「野バラ」、「天上の星」の四篇からできている。そのなかで「丘の上の小さな家」を引用してみよう。

丘の上の小さな家

通りすがりにやまぶきの
花が咲いていたら
地下に眠る者を思うがいい
——長谷川四郎

丘の上の小さな家は
小さいままそこに残って
こぶしの花が咲いている。
君の娘は学校から帰り、
はたらき者の細君は
あいかわらずミシンを踏んでいる。
すべては静かに
もと通りになった。

――来てごらん。
いや、
よしんば酔っぱらった君が
戸口のところにあらわれて、
いつものように喚いたにしても、
もう誰もおどろかないし、
本気にもしやしないから。
ただ、もしかすると
ふっと、ミシンの音が止り、
遠く耳をすますようにして
母親は娘に
何か話しかけたそうにするだろう。
だが、すぐ首をふって
また、せっせとミシンを踏みだすだろう。

二年たち、
戸口のそばにこぶしの花が咲き、

すべてが静かに
もと通りになった、
——君がいなくなっただけで。
ああ、君がいなくなったその分だけ、
あのいたずら好きの酔っぱらいが
どこかにこっそり隠れているような、
丘の上の静かな家は……。

追悼詩のなかでは、さまざまな花が咲いている。「いつの間にか夏になった」ではつつじがいっぱい咲き、「野バラ」では題名にもなった野バラの描写が中心に進んでいく。引用した「丘の上の小さな家」ではこぶしの花だ。

菅原のなかで、「花」は、一つの静かなるものの象徴なのだ。花はしゃべらない。声をださない。しかし、咲き誇ることによってしっかりと美しい色を映し、甘美なる芳香を漂わせ、自己を主張し続けている。花のもつ潔さを菅原は好きだったのかもしれない。小林勝には、花に似た静かなる闘志のようなものを感じていたのだろうと思う。「丘の上の小さな家」においても「こぶしの花」は咲いているが、咲くことによって、「すべては静かに／もと通りになった」といっている。「花」は死者に対する、具体的な生への象徴であるのだ。

小林勝に宛てた追悼詩は、「花」をキーワードにして、どれも悲しみを抑制し、倍増させる詩篇となっている。とてもいい追悼詩だと思う。

追悼詩は特定の人物を指して書かれるが、『叔父さんの魔法』のなかでは、幅広くいろんな人たちに向かって詩が書かれているのも特徴である。

冒頭の「雨の好きな少女」では、亡くなった小さな子に、「最初の者に」は生まれて間もない赤子に、「叔父さんの魔法」では甥と姪に。「シベリアのうた」では――S・T君に、と献辞されている。「つきあたりの夫婦」ではおじいさん、おばあさんに、「李君のごちそう」は題名通り、李君の家での晩餐の様子を描きながら「縮れっ毛のわが友よ」と詩のなかで書かれている。「夏の思い出」は、菅原家でひと夏すごした、「詩を書く見ず知らずの娘」の詩である。「むかしの歌」という詩には年取った夫婦がでてくる。夫婦は菅原夫妻であろう。

年とった夫婦が
一枚の古いレコードを聞いている。
（中略）
あのころは、革命が
五年後にやってくると、
本気に思いこんでいたっけ……。

（以下略）

古いレコード「ソング・オブ・アワー・マザーランド」を聴きながら、革命がくると思い込んでいた時期から四十年経っている、と回想しているのだ。詩、「むかしの歌」が雑誌「P」に発表されたのが一九七四年。その四十年まえといえば一九三四年である。菅原はちょうど「赤旗」のプリンターをしていた頃に当たる。自分自身に宛てた詩であると解釈できる。

　その他の詩をみてみると、「陽気な友だち」では、巴旦杏のような娘たちに生きることの大事さをユーモアを交えて告げている。「夕映え」は「バルビゾン派の、／日本の最後の画家。」が亡くなったことを書いている詩で、これはもしかしたら黒田清輝のことではないかと思ったが、菅原と黒田清輝の接点はないようだ。「ジジ・ジャンメール」は、フランスのバレエ・ダンサーのこと。「ユージン・スミス」はアメリカの写真家である。「物語」という詩は、映画のなかでの記憶喪失の青年に向かって書かれている。フランス映画「シベールの日曜日」を下敷きにしていると思われる。「ある晴れた日に」という詩は、菅原が教えていた詩の教室で勉強する婦人たちに目を向けた詩である。

詩は自己の内面だけを書き表すものとは限らない。他人の内面を覗くこともあるのだ。また、多くの人たちを通して自分をみつめ、他人になりきって書かれることもある。自然の摂理をうたうこともあれば、機械的な所作を表すこともある。しかし、すべては人間に帰ってくる。菅原は人間が好きであり、多くの詩作品には人間が多くでてくる。人に向かって書かれることもあるし、人物だけを書くこともある。

菅原の根底には、自然や社会に対しての肯定がある。自然世界、およびできあがってしまった社会は、ほぼ根源的なものであり、すべての人間の感情は、そのような場所から発生してくるものであると考えている。だからこそ、根源的な部分で常に必死に生きていく人間を、詩というもので写しとっていきたいと思ったのである。

詩集『叔父さんの魔法』を読んでいると、菅原の「人間」に対する熱い感情が伝わってくる。次に「深夜の友人」という詩を引用してみよう。菅原の好きな「人間」が書かれているのだ。

深夜の友人

奥さまではなく
おかみさん、
ご主人ではなくおっさんで、
弁当ぶらさげて職場に通い、
たまの休日には照れながら
——がきにせがまれてね、

と一家総出で、でかけてゆく、
そんな労働者が好きだ。
だが、そういうタイプはもう見当らぬ。
あれは、おれたちのような大正時代だナ、
などといいながら古い友だちと
人っ子ひとりいないビルの谷間の
夜更けの街路を歩いてゆくと、
いた、いた、
よごれたよれよれの作業服、
ヘルメットの下の頬っかぶり。
戦時中、南方に出稼ぎに行って
そのまま帰ってこなかった
田舎の義兄（あにき）のような
季節労務者が二人、
地下鉄工事の、地べたの底から
赤電球に照らされながら
ぬうっと、

深夜の地上に顔を出してきた。

最後になるが、この詩集には初期拾遺詩篇が追加されている。菅原は初期の作品をすべて失くしたはずだと思っていたが、偶然、ノートの間から昔の詩篇がでてきたということだ。「お通夜あけ」「築地小劇場の帰り」「生涯」「哀れなあいびき」「自分の仕事」の五篇である。いずれも昭和初期の、菅原の若書きの詩である。なつかしさも手伝って、この詩集に収録しているものと思われるが、すでに菅原の詩はここでも真価が発揮されていたことがわかる。詩集の最後の「自分の仕事」という詩を引用して、この『叔父さんの魔法』を終えることとしよう。

自分の仕事

自分の仕事を見失ってはならない。
どんな暗い夜がこようとも
暗闇のなかで目ざめていると
静かにわたしの仕事が話しかける。
落寞のとき、それはわたしを勇気づける。
歩きつかれて

ふいに初めをふりかえるとき、
小さなむかしのわたしが住んでいて、
やさしく、こみあげるものを教えてくれる。
美しいものは人目につかず、
すべてまずしく小さい。
わたしはいつも内側をふりむこう。
そこから自分の仕事にいそしもう。
どんなに幼くとも
つねに中身だけのところから出発しよう。

（昭和一九年）

六　わかりやすく書く必要性・『夏の話』

詩集『夏の話』は単行詩集として六冊目となる。土曜美術社から一九八一年十月の出版である。

この詩集は大きく四つのパートに分かれている。最初は「旧詩帖」で、過去のできごとを回想している六篇の詩。次は「佐須村」。菅原は昭和三十一年、四十五歳のときに調布市に移転した。この地がかなり気に入ったのであろうか、調布市、佐須村のことを十二篇の詩に残している。三つめは「日々のあとさき」と題し、十六篇もの詩がありこの詩集の中核をなしているようだ。最後はタイトルにもなった「夏の話」。東欧旅行へでかけたときのことを詩にしている。これは四篇。全部で三八篇の詩からなっている詩集である。

巻頭を飾る詩は、「島」という詩だ。第四詩集『遠くと近くで』にも同タイトルの詩があるが、まったく違う作品となっている。ただ、菅原の意識のなかで「島」という言葉はどこかに、孤立した、というより、一人で自立している、という意味合いがあるのではないかと感じる。

『夏の話』の「島」をみてみよう。

島

青く凪いだ海の沖合に
そこだけ白い波があった。
一日中、そこだけ波があった。
それは遠い浜辺からもよく見えた。
小島はほとんどあらわれなかったが
波だけはいつもチラチラした。

ある日、ぼくは
舟からおりてその小さな岩の島にねころび、
ただそれだけのことで
遠い願いのなかにいるような気がした。
陽は照り、海は凪いでいたが
しぶきはそうそうと軀をこえていた。

ぼくは落ちこむと
なぜかその島を思い出した。
気持がかげるとその島を思い出した。
青い海のなかでただ一つ、
島はぼくの心にいつも白い波をたてていた。

大きな問題に当たって、心がくじけそうになったときに、どこかに心のよりどころを求めるというのは誰にもあることだろう。島は白い波をたてながら、動かぬ岩とともにそこに存在する。菅原は動じない姿勢に寄り添うように、岩の島に寝転んでいる。遠い願いのなかにいるのだ。菅原にとっての遠い願いとは何か？　菅原が求めていたものは、普通の暮らしだ。何の心配もせず、普通の生活ができる、ということを一番に願っていたはずだ。この孤立した島には、幸福、自由、安定という普遍的な願いが隠されている。
『遠くと近くで』に収録されている「島」も引用してみよう。

島

島、といっただけで
ふいにうかんできて
ビルのまどがかげるような
ひとつの島がありました。

島、といっただけで
このよのどこかに
ひっそりなにかがあるような
ひとつの島がありました。

島、といっただけで
それはもう
島でもかげでもなく
それでもなにかがあるような
ひとつの島がありました。

〈このオフィスのかたすみで

タイプのおともひとごえも
みんなとおくにきえちゃって〉

島、といっただけで
ふいにうかんできて
ビルのまどがかげるような
ひとつの島がありました。

オフィスにいるときに、ふいに浮かんでくる「島」がある、といっている。ふいに浮かんでくる「島」は、一人の人間のようでもあり、巨大な影のようなものでもある。この「島」を得たいの知れない「敵」と読むことも可能ではあるが、逆に、安心できる大きな安らぎの象徴としてみることもできるのである。この「島」をどうとらえるかは読者に委ねられているが、ぼくは、後者の意味でとらえている。島というイメージそのものが、菅原のなかでは安息地であるような気がするからである。

『遠くと近くで』の「島」という作品は、『詩の鉛筆手帖』（一九八一年、土曜美術社）によれば、作曲できる詩を頼まれて、つくった詩、であるということだ。言葉のリズムなどもきれいに整っている詩である。ビルの三階にある事務室で、町の喧騒をぼんやりみていたときにできた詩であるとも書かれていた。

　第一詩集『手』のなかの「「ビュビュ・ド・モンパルナス」を読んで」、という詩のなかにでてくる、パリのサン・ルイ島も、菅原の頭の片隅にあるかもしれない。サン・ルイ島は、パリのセーヌ川の中洲である。著名人も住んでいたりする。都会のまんなかにすっくと聳える島、という部分と、孤立しているオアシス的なイメージとが絡み合っている。菅原の意識のなかにサン・ルイ島があったかもしれないと考えるのはそんなに不思議ではない。

　旧詩帖のあとは、「佐須村」のパートに入る。ここでは一月から十二月まで、一年を通した詩である。生活を素直にみつめ、そこから詩を紡ぎだそうという菅原詩の姿勢をじかに感じる詩篇といえる。どの詩もしっかりと書かれたというか、おれの詩はこの場所で、ここから再出発するのだ、というような雰囲気もする十二篇である。すべてを取りだして読みたいとも思ったが、ここでは三篇を引き合いにだして、菅原詩の特徴をみていこうと思う。

　最初は二月の詩から。

　　なんじゃもんじゃの木（二月）

あいすけ君が
恋人をつれてきたので

三人で植物園に行った。
冬の植物園はひと気がなく、
林のみちはおち葉と静かな陽ざしと
無数の枝影でおおわれていた。
かれらが手をつないで駈けだすと
陽と影も一緒にはしり、
かれらがぼくをおいて
どこかに隠れると、
まわりはそのまま静まりかえるのだった。
(ふたりは間もなく結婚するそうな)
帰りに
深大寺の山門の前で、お酒をのんだ。
あいすけ君が恋人にばかり気をとられるので
この寺にはなんじゃもんじゃの木がある、
というと、
かれは目をまるくして
それはなんじゃ、とお国訛りでいった。

菅原の詩は、みたものをそのままに書かれたものが多い。先ほどの「島」のように、イメージで捉えた詩ももちろんあるのだが、経験した事柄を素直に直接写しだす詩を書く。この「なんじゃ、もんじゃの木」という詩も菅原の経験の詩である。この詩は、季刊『びーぐる』第45号の菅原克己特集でのアンケートに意外な事実があるのを知った。

アンケートは「私にとっての菅原克己」という質問で、回答者には愛沢革、井川博年、石川逸子、金井裕美子、季村敏夫、倉橋健一、高階杞一、日高徳迪、山田兼士、四元康祐という人たちが名を連ねている。そのなかで、井川博年さんが「なんじゃもんじゃの木」のことに対して次のように解説しているので、引用してみる。

若い二人と植物園に遊び、帰りに深大寺で酒を呑んだ、というただそれだけの話。だがそこに出て来る「あいすけ君」というのが、今は作家として活躍している宮内勝典（かつすけ）さんで、その恋人が詩人の喜美子さんと知ると、俄然面白くなる。詩にあるように、二人はその後、めでたく結婚し、生まれた子供がSF作家の宮内悠介さんである。あの時、「あいすけ君」が驚いた「なんじゃもんじゃの木」は、今では三鷹・深大寺の名物です。

宮内喜美子さんは、菅原克己が主催していた、「サークルP」に所属している詩人で、ぼくも面識がある。「あいすけ君」というのはその旦那様で作家の宮内勝典さんだというので、もし本当なら驚きだ。たぶん、この話は、井川博年さんが、宮内喜美子さんから直接聞いた話かと想像する。だとすると、本当の話であるのかもしれない。なんじゃもんじゃの木がある、と聞いて「それはなんじゃ」とお国訛りで答えた小説家を想像すると、とっても微笑ましい気持ちになる。

だが、早合点はやめておこう。菅原は若い人たちに多くの信頼を得ていた人物であり、仲人もずいぶんしてきたということだ。その数は五十五組に及ぶと聞く。同じシチュエーションが幾度となくあっても不思議ではない。若い男女の愛らしい行動は、どのカップルにも共通なものでもあるだろう。ということは、かならずしも宮内夫妻だけが、この詩のモデルではなく、他にもいた可能性は大いにある。現在、菅原克己の著作権を継承している青塚満さんも、同じように菅原に仲人をしてもらい、同じように植物園を訪れていたと聞いている。ということは、菅原は数名のカップルを思い描いて、詩に登場させていたのかもしれない。

詩を書くうえで、事実を事実としてそのまま書き写しても、何もおもしろくないと思う人もいる。詩は大幅なデフォルメを可能にし、メタモルフォーゼを実際のできごとと感じさせ、夢のなかのことこそ事実であるという考えもある。もちろん、詩にできる可能性は無限にあるのだ。だが、菅原はそこから詩を書かない。菅原が書くものは、日々の確認からだ。まずは身辺をみてまわる。そこに隠れているものを探す。どんな小さなものでもみのがさない。確実に詩になるものを、日常の経験から拾いとる作業をするのだ。まずは現実の地点に立つ。そこからさらに詩は、自分の気持ちを飛躍させたり、寝転がってみたりということに向かうのだ。「なんじゃもんじゃの木」という詩は、確かに「若い二人と植物園に遊び、帰りに深大寺で酒を呑んだ、というただそれだけの話。」である。だが、ただそれだけの話を書くという、つまり、何でもない事柄を詩として抽出するということ自体が、菅原の詩の魅力なのである。ここにはあいすけ君と恋人の、二人の若さにたじろいだ壮年の詩人がいる、などというつもりはない。ただ、単純に、若い二人を見据えた、菅原の視線が美しいと思うばかりである。

『詩の鉛筆手帖』（一九八一年、土曜美術社）には、「〈日にひとつの詩〉の試み」という文章がある。詩のサークルの人たちと、二週間で十四篇の詩を書こう、というちょっと乱暴な試みである。この試みは実際に行われ、菅原はなんとか書き通したみたいだ。作品は次の第七詩集『日々の言づけ』において多くが掲載されているが、『夏の話』のなかにも三篇ある。その一篇が、この「野バラ」である。

野バラ（六月）

いつの間にか

垣根のところに
野バラの花が咲いた。
風がふくと
あおい繁みのなかで
なにやらチラチラささやきあっている。
これといって特別のこともなく、
ただ咲くことだけで
六月の記憶をのこしてゆく野バラ。
裏の畑に、平八つぁんの
麦わら帽子が一つ動いて、
あとは梅雨(つゆ)の合い間の
まぶしい夏の光だ。

「〈日にひとつの詩〉の試み」については、『日々の言づけ』のなかでもう一度触れることにするが、ここでは、「野バラ」を読んでみた。
この詩は、風景スケッチといっていい詩である。「〈日にひとつの詩〉の試み」の最初の一篇だ。まず、目に止まった小さなことがらを書き留めよう、ということだ。詩のはじまりは、スケッチのような詩から書かれたりする。だれしも最初から深いところへ意識を持っていく詩など、なかなか書けない。まずはみて、写す、ということが必要だ。垣根に野バラが咲く。裏の畑では、平八つぁんの麦わら帽子が動く。夏である。自分の気持ちは言葉にせず、みたものによってイメージさせている。単純だが、素直さがそのままでている詩だ。
「佐須村」のパートからもう一篇、「佐須村」という詩をあげてみる。

佐須村（十二月）

裏のほうれん草畑で
平八つぁんの麦わら帽子が
ゆっくり動いている。
(病気はよくなったのかしら)

どこかで
犬が吠えたが
すぐしんとしてしまった。
かんざしのような山茶花が咲いて

道は白っぽく乾いている。

今夜は
久し振りにクリスティでも読もう。
膝に毛布をかけた
うちの「マープル小母さん」は、
ストーブのそばでミカンを食べながら
平八つぁんの持病のことを心配するだろう。
あの人は、あんたと同じ年なのに、
などと独り言をいいながら……。

お隣に住んでいる、平八つぁんは、菅原と同い年の人。いつも麦藁帽子をかぶり、裏の畑で農作業に勤しんでいる。菅原の飼犬だったダリという犬がこの畑に入り、平八つぁんは小言をいう。ときどき菅原は野菜をもらったりする。と、まあ、このようなことがこれまで書かれた詩から推測でき、この詩にいたっては、平八つぁんは持病を持っていたことがわかる。多分菅原は、平八つぁんのことがとても気になっていたのだろう。額に汗して働く労働者。多くを語らず、もくもくと農作業をするその姿勢に心動かされるものがあったにちがいない。

菅原が目を向ける人たちは、一つに労働者であることがあげられる。労働には優劣はなく、毎日の生活を守るために、一つの仕事に精をだす人を必ずみている。平八つぁんは、労働者のなかでもいちばん身近にいる人であったはずだ。

もうひとつは、いかんなく自分の才能を発揮している人たちにも目を向けていて、詩に託している。自分の長所を生かし、境遇に負かされることもなく、自分の道を貫いている人たちだ。喜劇俳優のマルクス兄弟であるとか、小説家シャルル・ルイ・フィリップであるとか、フランスのバレエダンサー、ジジ・ジャンメール、写真家のユージン・スミス、などである。

さらに菅原が目を向けている人たちを探すと、病気をもった人や、精神を病んだ娘、障がいをもった人たち。自殺してしまった人や、小さな子どもや少女、甥や姪たち、そして『夏の話』から時々登場してくる、お隣に住む、〈ちいさなともの〉はまるで天使のようでさえある。またさらに加えていうならば、奥さんであるミツ夫人こそ、菅原が目を向けた一番の人かもしれない。先ほどの「佐須村」という詩のなかでも、ミツ夫人と平八つぁんがでてくる。平凡なスケッチのなかに、静寂と底知れぬ人へのいたわりが見え隠れする佳作である。

ミツ夫人はしばしば、菅原の詩の題材になっている。当の本人は、いつも詩のネタにされているとは知りつつ、菅原の詩を支えていたものと思われる。

「旧詩帖」「佐須村」の次は「日々のあとさき」というパートである。奥さんのミツ夫人についての詩が最初に掲載されている。

わが家のかみさん

かみさんと云い合うなら
ほどほどにした方がいい。
どうせ
彼女のペースにのせられるのに
きまっている。
だが、
こっちにはこっちの
心配ごとだって、あるものさ。
いつか、彼女は
喪服の心配をするだろう。
お墓のことを
ぼくの、長生きの姉さんに
相談するだろう。
(そういう心配をするのが

こっちの心配でも、あるのだが）

かみさんは云うだろう、
生涯、貧乏ぐらしでした。
いいことなんか、あんまりなかった。
ただ、亭主は詩人でした。……。

詩を書いてたって
どうしようもない。
結局、ぼくは
よくケンカした兄貴の
すぐそばに埋められよう。
そこは郷里の奥の小高い丘の上、
目の前にひろがる田園、
光る一本の川……。

そして、

ある晴れた日に
一人の女がやってきて、
まあまあ、いいとこね、
と云うだろう。
スイートピイなぞ飾って
亭主はこの花が大好きでした、
と云うだろう。
おっちょこちょいで、飲んべえで、
その上、怠け者で……。
それでも、ちょっぴり、
いいとこもあった人だが、
などと考えながら
陽の照る道を
ぽくぽく帰ってゆくだろう……。

運命は
どうにかならぬものか。

しんみりと
すじ道たてるのが向うだから、
みんなは彼女に
同情するにきまっている。
だが、わが家のかみさん、
こっちにはこっちの
心配ごとだって、あるものさ。

菅原にしてはちょっと長い詩ではあるが、全行引用した。どうしても菅原の詩を引用するとなると、部分的に引用するのがむずかしい。一行の強烈なフレーズを持つわけではなく、比喩もそう多くはない。どちらかというと、全体の構成で読ませる詩であるからだ。

この詩は、自分が亡きあと、奥さんのミツ夫人のことを心配しているようすでもある。軽いユーモアを軸に、自分の死後、ミツ夫人がどのようにするかが書かれていて、現実味も加わった楽しい詩となっている。

詩集『夏の話』では、調布での生活が描かれているが、詩に登場するのは、平八つぁんだけではない。同じく隣に住む二歳の子どもがいる。「日々のあとさき」のパートでは、この小さな男の子を書いた詩がすばらしい。「小さなとものり」という詩がある。

小さなとものり

朝になると
おとなりの二つの子が
ぼくの家のドアをたたく。
〈オジチャン、
　オジャマシテモイイデスカ〉
それは、すぐとなりなのだけれど
いつもとおくから
ふいにあらわれるようだ。

ともちゃん、
今日はお山に行こう。
お山の公園では
銀杏が金の葉っぱをいっぱいつけ、
ヒマラヤ杉が蒼い影をひいている。

ともちゃんは
おむつのお尻を帆のように立てて
木立の光と影の間を走りまわる。
陽ざしをうけると、アツイといい、
木陰に入ると、サムイという。
まるで忙しいビーバーの子のようだ。
遊びにあきると、こんどは
オンブ、という。

――朝になると
おとなりの二つの子が
ぼくの家のドアをたたく。
ぼくの年月の最初の方から
ふしぎそうにのぞきこむように……。

小さなとものり、

いつかきみも思い出のなかに入るだろう。
そして、きみのオジチャンは
やはり光と影の木立の間に
チラチラする君を透かしてみるだろう。
お尻を帆のように立てた
とおい小さなこどもの姿を。

現代詩には難解な詩が多いと人はいう。「難解」という定義にここでは触れないが、一般的に、通常の言葉の意味だけではよくわからない詩、といっておこう。菅原は、書いてきた詩のなかで、「難解」さを極度に嫌った詩人の一人だと思う。いや、複雑な社会や人の心を写しだす作業を嫌ったわけではない。もちろん、比喩の重要性はよくわかっていたはずである。菅原が嫌ったのは、難しいことを難しく書くその気持ち、ではないだろうか。なぜに難しく書く必要があるのかと。できるだけ、難しいことでもやさしく、わかりやすく書くことが必要なのだと考えていた。わかりやすさのなかに、奥行きと深さを求めていかなければならないと思っていたのだ。「小さなとものり」などの作品を読むと、そのナイーブさに脱帽する。子どもという存在と、今という時間と、その後の長い時間とを重ね合わせ、人生の一端を垣間みせてくれるのだ。この詩は、アーサー・ビナードの『日本の名詩、英語で踊る』（二〇〇七年、みすず書房）という英訳併記のアンソロジーにも収録されている。そのアーサー・ビナードの解説も引用してみよう。

「小さなとものり」を読み始めると、読者もお山の公園へ出かけ、光と影の木立に、ともちゃんとオジチャンといっしょにたたずむ。人間の命の始まりと終わりと、その間に横たわる距離と時差という、大変なテーマを見通したと、実感するのは読後だ。

もう一篇、「とものり」の詩をぜひとも紹介したい。「ウルトラマン」という詩である。

ウルトラマン

こどもには未来しかないが、
ぼくときたら
もう過去しかないのである。
おとなりの三つの子は
黒すぐりのような目を見張って
ぼくを見上げるが、

それはぼくではなく
過去という怪獣で、
こどもはカイジュウが好きである。
朝、わが家のドアをノックし、
風が吹きこむように
いたずらのかぎりをつくし、
ウルトラマン！　と叫んで
苦もなくカイジュウを敗かすが、
ウルトラマンは、この間
おしめパンツをはずしたばかりなので、
それを云われると
どうにも
格好がつかないのである。

菅原の詩のなかでも、あまり取り上げられる機会の少ない詩であるかもしれない。隣の子どもが自宅に遊びにきていたずらをし、その子どもを見守りながらも、少々からかっている、という内容である。本当にたわいもない話ではある。しかし、子どもを持った人であれば、誰しも経験があることだろう。菅原には子どもがいなかったので、隣の「とものり」の行動は、すべてにおいて楽しいものだったに違いない。この詩をたわいもない、と片付けてしまうのは簡単だが、じつは普遍的な事柄を扱っている。つまり、人間の行動として、子どもが未熟さを意識もせずに、自己顕示を発揮する。多分、どの時代でも繰り返し行われてきたことでもある。「とものり」の時代では「ウルトラマン」だが、別の時代では別の主役がいるものなのだ。この詩には、いつの時代にも消えることのない、無邪気な子どもの精神が記されていると感じる。今まで、このような詩をみたことがあっただろうか。書かれているようで、あまり例をみない詩であるといえる。

菅原が人間の普遍的な行動として、「とものり」のことを書いた、などといっているのではない。単純に「とものり」の無邪気さ、どうにも格好のつかないはにかみ、そのような事実を書いておきたい、とただそれだけを願って書いたのだと思う。

もし、菅原が、「人間の子どもの普遍的な行動」なるものを意識して書いていたならば、ぼくは失望するだろう。菅原は、詩としての理論を超えたところで、詩を捉えることができた人なのだと考えているから。「ウルトラマン」に関しても、菅原は、「とものり」の行動に「詩」を感じたのに違いない。一般的な理論を意識しながらなどではなく、菅原の気持ちのなかで、「とものり」のなかにある美しい感覚が感じられたため、菅原は言葉を記したのである。ぼくが菅原を詩人だと感じるのは、理論ではなく、身のまわり、生活のなかから詩をみつけられる能力があったからだ。そして、奇抜な言葉を使って、読者を惹きつけようというあざとさがない。事実をスパッと提示するだけである。教訓的なこともいわない。真実だけはきちんと言葉にする。それによって、菅原の言葉は通常の言葉の意味を軽々と飛び越えていくのだ。詩、「ウルトラマン」にしても日常の一コマであり、たわいもないことであるが、裏側には人間の普遍的な力を宿していると感じた。だからこそ、「ウルトラマン」を読んで、人は、「笑う」のである。

詩集『夏の話』では様々な人間が登場する。とくに「日々のあとさき」のパートでは「わが家のかみさん」からはじまって、平八つぁんであったり、とものりであったり、労働者であったりする。菅原は人間が好きなのだ。多分それは自分を含めてである。

それでは次に、人としての菅原克己、を想像できるのが、「七月のおわりの日に」という詩である。読んでみよう。

七月のおわりの日に

金子(かねこ)堂に
原稿用紙を買いにいこう。
あそことは二十年来のつきあいだ。

金子堂の娘は
いいおばさんになったが、
むかしと同じように無口だ。
妹は嫁にゆき、
頑固なおやじさんはとうに亡くなった。
原稿用紙をくれ、
バラのやつを、と云うと
いつも安くしてくれる。
今日は七月のおわりの日、
七月はぼくの好きな月だ。
金子堂に
原稿用紙を買いにいこう。
そして帰りには
鳳陽軒でいっぱいやろう。
ぼくの七月、
金子堂のおばさんは
長生きしなよ。

金子堂の娘さんを気遣いながら、陽気な菅原がいる。ややもすれば、「おばさん」という言葉は今では差別用語にもなりかねない危うい言葉であるが、菅原の詩のなかではなんと爽やかな印象になることであろうか。この詩を読めばわかるが、肩のちからが抜けている。本当にリラックスして言葉をだしているのが感じられる。難しい言葉がない。自分の行動をはっきりと書き、意味を十分に行き渡らせ、だれにでも理解できるような姿勢がある。むしろ、理解させることを徹底させていて、一つの雰囲気、一つの味を醸しだしている。昔からの付き合いである文具店に対する愛情というものがまず挙げられる。おばさんになった女性を娘のときから知っている。おやじさんがとうに亡くなったことまでも知っている。だからこそ、菅原が金子堂のことを慕う気持ちが、金子堂の家族を思う気持ちが、滲むように伝わってくるのだ。言葉の匂いといってもいいかもしれない。

菅原が知っている金子堂を、ぼくらは知らない。だが、どこかで、菅原が語る金子堂の感触を、ぼくらは自分のことのように肌で知っているのだ。だからこの詩に共感できるのである。

さて、詩集のタイトルにもなった「夏の話」のパートは全部で四篇だけだが、菅原にしては比較的に長い詩が多い。以前に、文学者シンポジウムで旅したモスクワや、東欧旅行での詩であると思われる。そのなかの一篇、「モスクワ、ゴルキー公園で」という詩を紹介しよう。

モスクワ、ゴルキー公園で

もうすこし、
知らない世界をみたいばかりに
人は旅立つ。
そして棕梠縄のような髯の大男や、
茸の下に住む小人(こびと)を想像しながら
案外、三度のごはんをたべている
同じような人間たちに出会って、
かえって、びっくりしている。

モスクワ、赤の広場。
レニングラード、エルミタージュ。
夏の宮殿と百いくつの噴水。
海の向うにかすむフィンランド。
それからコーカサスの蒼い山襞。

それからエレヴァン。
つめたくおいしい水道の水を飲み、
カリカリする大きな葡萄を嚙んで、
名所絵はがきのなかをひとめぐり、
それからまた、モスクワ。
そして、いまゴルキー公園の
しんかんとした林のなかに寝ころんでいる。

まわりいちめん
調布のはずれの櫟林のような
木洩れ陽が落ち、落葉の音がする。
さっきはなまぬるいビールに
グリーンピースをたべていると、
みすぼらしい小さなお婆さんが
何やら話しかけてきた。
何がぼくらとちがって、
何が同じなのか。

このチェホフとイリイッチの国。
底抜けて親切な民衆と
ため息がでるような
ソヴェート大国主義の歓待。

――ダスビダーニャ、
ぼくの三十年前のプロレタリアの祖国よ。
ぼくは明日、
テレビがうるさいみそ汁の国へ帰る。

（一九六八年）

モスクワへでかけたときの機会詩である。機会詩とは、オケージョナルポエムと呼ばれ、想像から生まれる詩ではなく、ある場面や契機によって生まれる詩であり、現実の場面に遭遇して書かれる詩である。「モスクワ、ゴルキー公園で」を読むと、理想としていた国が、今の自分の国とそんなに変わらないのではないかという、絶望感と安堵感を併せ持っているような感慨にとらわれている。最後の「テレビがうるさいみそ汁の国へ帰る。」という詩句にユーモアを感じさせ心地よい詩になっている。

ここまで六冊の菅原克己の単行詩集を読んできた。第一詩集を若さの記念碑的作品集だとすれば、第二詩集は詩法が確立された充実の詩集ということになるだろう。第三詩集から、この第六詩集までは自己の詩法を試行錯誤しながら確認してきた詩集といえそうだ。そのなかから傑作といわれた作品も生まれてきた。菅原はこのあと、二冊の詩集を世に送りだしている。

七　一日一篇の詩・『日々の言づけ』

菅原克己が、詩のサークルでだした宿題に、毎日、詩を一篇、それを二週間続ける、というのがある。つまり十四篇の詩を書き続けるという、ちょっと無茶な作業だ。『詩の鉛筆手帖』（一九八一年、土曜美術社）には「〈日にひとつの詩〉の試み」と題され、経緯が書かれていて興味深い。

もともと毎日詩を書こうなどということは、実際、非常に難しいことである。菅原自身もわかっていて、「正直さだけが頼りになる。」と書いている。『詩の鉛筆手帖』から引用する。

この提案にはみんなびっくりしたらしかった。――これは、ほんとうは無理な話である。しかし、無理にでも詩をひっぱり出すには、正直さだけが頼りになる。技巧などはかまわず、速戦即決、その日つきあたったことをありのままに書くこと。ぼくもやるから、次のサークルの日までの二週間に、へたでも何でも十四篇の詩を書こう、とぼくはまじめくさっていった。みんなは自信なさそうな顔をしたが、とにかく承知してくれた。

これはいわゆる「詩的」な概念をこわす試みでもあり、絵でいうならばデッサンの練習でもある。そしてこれは、ほんとうはみんなというより、自分に与えた課題だったのである。


詩を書く、ということは大きな作業であることには間違いない。『詩をよむ若き人々のために』（C.D.ルーイス著、深瀬基寛訳　一九五五年、筑摩書房）などには、一篇の詩ができるまでの三つの順序が示されていて、詩の霊感は何か月、何年も詩人を置き去りにするといい、いつそれがやってくるか、消え去るかはわからないと書かれている。つまり、一篇の詩を書くには、霊感を感じた詩の芽生えから、体内への取り込み、そして書きたいという欲望を感じることだというのだ。こうなると、一篇の詩は何年もかけて作られるものになってしまう。まさしく真実ではあると思うが、菅原の考えのように、強引に一日一篇とにかく書いてみる、というのも一つの試みとしては非常におもしろいと思った。

事実、毎日一篇の詩を書くとなると、具体的にどのような作業が必要になってくるのだろうか。まずは、いままでの気持ちのなかにある、詩的感覚、さきほどのC.D.ルーイスにいわせれば「霊感」があればそれを書くのもいいだろう。だが、霊感を何も感じていなかったら、さて、何を書くのか。今日あったできごとを書くしかないのではないだろうか。日常のできごとを記しただけならば、日記である。日記になってしまうか、詩として言葉を屹立させるか、分かれ目となるところだ。
単行詩集として七冊目の詩集『日々の言づけ』（一九八四年、編集工房ノア）には、この二週間の詩の試みの詩が九篇ほど掲載されている。いずれも小品ではあるが、生活のなかのほんの一瞬を切りとるという面で、鮮やかな印象が浮かびでている作品もある。まずはこんな詩はどうだろう。

朝のピアノ

おとなりから
朝、
ピアノの練習曲が
ゆっくり聞こえてくる。
こどもの甘える声もするが
ピアノの音はそのままつづいている。
曲、というより
ぼくはピアノの音が好きだ。
空間をコロコロころがってくる
静かな朝のさざなみ……。

ぼくはもう一度、
ねむりに入る。

（七月十三日）

朝のピアノの音。心地よく感じる人もいれば騒音ととらえる人もいるかもしれない。菅原は正直に、「ピアノの音が好きだ。」と書く。多分、ピアノの音はなめらかではなく、どこかでつっかえていたりするだろう。それでもコロコロころがってくると表現し、静かな朝のさざみ、と書く。詩人の心の裡にある、正直な自分の純粋さだけを書き表したものだと思える。

日の暮れに

カナカナはどうしたろう。
おととしぐらいまで
家のまわりを一せいにかこんだ
あの可憐な蝉たちのフーガは
どこに行ったのだろう、
と考えていると、

思いがけなく、遠くで
カナカナが啼きだした。
平八つぁんの畑をこえた
丘の上の〈マリアの園〉あたりだ。
あおい林のおくで
うっすらあかりをともすように、
やはりこの夏をわすれずに
カナカナが
ほそぼそと啼きだした。

（七月十六日）

夕暮れ迫る夏の一日の終わり。いつもなら啼きだすはずの蟬の啼き声がないのをいぶかしく思う。だが、蟬の啼き声は聞こえてくる。遠くで、ほそぼそと。詩人は蟬の声を「うっすらあかりをともすように」と形容する。蟬が啼こうが啼くまいが、多くの人たちにとってはどうでもいいことであろう。だが、いつものことがいつものようでないとき、不自然さに一瞬戸惑いを感じるのは確かだ。生きていくことに大きな弊害を抱えるような事柄ではないが、暮らしのなかの細かいところが意外に気にかかるのである。菅原の心のなかにはカナカナの声によって、うっすらとあかりがともったに違いない。

今年の夏

髭をはやした
角のガラス屋のあんちゃんが
パンツ一つで道に水を打っている。
——あついね。
——ひと雨ほしいね。
地響きをたてて
下水工事のモーターが
また唸り出した。
門のわきの
サルスベリのてっぺんで
言いわけのように
小さなうす紅いかんざしがゆれている。

（七月十九日）

暑い夏の盛り、打ち水をしている男性の姿を描いている。もちろん、みたまま、聞いたままの状況を言葉に移しかえた形だ。だが、少し注意して読むと意外なことがわかる。まず、暑さの度合いだ。打ち水をしている男性の格好が暑さを象徴しているだろう。男性が髭を生やしているイメージは、夏という季節にはむさくるしい。パンツ一つの姿がそれに加わる。会話のなかから「雨」が降っていないことがよくわかる。寒い場所に「静けさ」となれば冷たいイメージだが、暑い日に、うるさいモーターの音が加わるというのは、また暑さを倍増させるイメージだ。かんざしという花は、どうやら春の花のようであるから、ここで少し暑さを和らげている。「暑い」という意識の強調のしかたがうまく書けている。

言葉のリズムにもちょっとした工夫がある。最初と最後の部分「〜道に水を打っている。」「〜かんざしがゆれている。」が韻を踏んで呼応している。また、会話の部分「——あついね。」「——ひと雨ほしいね。」も同様だ。「角のガラス屋」は「かどの」「ガラス」で「ｋａ」の音が重なり、後半、「門のわきの／サルスベリのてっぺんで／言いわけのように」では「ｎｏ」の音が重なっている。こういう言葉の重なりはじっとりと首にまとわりつく汗のようでもある。

詩を作る、という作業とは不思議なもので、どんな小品であれいくつかの技法なりテクニックなりを含みつつ、詩作品自体がいい詩になろうと努力することである。素直に書く、という詩作の効果は、自分が知らないところで言葉そのものが動いていくことではないだろうか。飾ることのない言葉が一番の技術を生む。

「〈日にひとつの詩〉の試み」は少々無理な試みではあるが、日々の生活をみつめ直し、ひとつひとつ言葉を紡ぎだしていくという詩の基本的なとらえかたを示唆したものだった。菅原克己の、詩の書き方の基本と考えてもいい。

さて、この『日々の言づけ』という詩集は、前作『夏の話』から以後三年間に書かれた詩が載っている。菅原が書く詩は日々の生活をもとに書かれている場合が多いので、前作からの時間の流れもこの詩集で読むことができるのだ。隣の平八つぁんのこと、小さなともの り君、金子堂のおばさん。奥さんであるミツさんのことも。

詩人アーサー・ビナードは、日本に来てから二年目にして、菅原克己の詩に遭遇し、多大なる影響を受けたという。著書『出世ミミズ』(二〇〇六年、集英社文庫)のなかでは、「エリオットと菅原とビュビュ・ド・モンパルナス」という文章のなかで『日々の言づけ』のなかの「朝の食卓」という詩を引用している。これはミツ夫人の所作から啓発を受けた詩である。

朝の食卓

朝のテーブルの上に
木の葉の影がちらばっている。
ぼくの方はすでにすんでるのに
かみさんはまだパンを千切っている。
彼女の興味は、いまや
ジャム壺に残った苺ジャムである。
彼女は丹念に
指先でパン切れを操作する。
そのたびに茶色いジャム壺が
横になったり、逆さになったりして
ぼくの目の前をうろつく。

何たる無心な顔つきだ。
彼女は食事のときが一番幸福であろう。
永年、二人だけで暮していると
片方の思いは空気を通って

もう一人の頬のあたりに伝わり、
ぼくは半分口をあけて
彼女の仕事につりこまれる。

むかし、
彼女のように愉しげな顔があった。
〈西部戦線異状なし〉の舞台面だ。
戦場から帰ってきた
十九の青年ボイマーが、
ジャム罐に指をつっこんで
一生けんめいジャムを舐めている。
そしていう、
ああ、家はいいなあ。
そばで小さなお母さんが嬉しそうに笑う。
(息子はまた戦場に戻って、死ぬ。)

ぼくのかみさんも指を舐める。

それから勢いよく背のびして
一気に食卓を片づけ終る。
ぼくも咳ばらいなどして
もっともらしく新聞を取り上げる。
新聞には、戦争の記事がある。

この詩は起承転結で成り立っている。一連目はミツ夫人がジャム壺の底を舐めている描写、二連目はそれを受け継ぐ。三連目はミツ夫人の行為をみて、〈西部戦線異状なし〉の舞台面を思いだし、最終連では幸福な「朝の食卓」から平和の尊さを写しだしている。

日々の所作を描きだしたスケッチのような作品だが、ジャムを舐めている行為から、〈西部戦線異状なし〉を引き合いにだし、戦争の悲惨さを対比させ、幸せのありかを問うているところにすばらしさがある。

収録された各詩篇を読んでいくと、前詩集『夏の話』から流れた時間の経緯がよくわかってくる。全二十数篇のなかで、実際にあったできごとを題材にしたのだろうか、特に目を引く「散歩」という一篇がある。一度読んだら忘れられない衝撃がある詩だ。引用してみよう。

散歩

おじいさんとおばあさんが散歩していた
小さな無人踏切があった
おばあさんは耳が遠く足がわるい
おじいさんが先に渡っておばあさんはあと
そのとき、警報機が鳴った
早く来いよ、とおじいさんが言った
おばあさんは耳が遠く足がわるい
おじいさんは、こんどは
来んな、来んな、とさけんだが
すでに電車は来てしまった……

散歩が好きだったおじいさん、おばあさん
今日、妻とふたりで歩いていると
どこかで声がする
もう樹も畠もない

空もない
誰もいないしんかんとしたところで
――来んな、来んな
おじいさんがひとり
ぽつんと佇立している

あえて、おばあさんがどのような結果になったのかは書かれてはいない。読者は想像するだけでよい。身につまされるような光景が広がってくるが、イメージされた状況とともに、おじいさんの真剣なまなざしと必死になっている行動も、同時に読者の頭のなかに描くことができる。最後に残されたのはおじいさんの声であり、「佇立」している姿だけである。

「朝の食卓」にしても「散歩」にしても、ただ、日常をやみくもに書いただけでは、詩にはならないことを証明している。詩を成り立たせる要素としては、そこにある普遍的な人生をみつけなければならないということだ。「日に一つの詩の試み」にしても、同じだ。日常の何気ないものから題材を探りだして書くのだが、生きている瞬間を、詩の核として求めたときにこそ、作品として成り立っていくのだ。詩の核と書いたが、それはポエジーと呼ばれるもので、感じることができればいいのだけれども、もともとはみえないところにあるものだ。みつけだす作業をあえてしなければ、いつまでたってもみつからないものかもしれない。

菅原は、日に一篇、詩を書くことを求めた。家庭を持つ主婦に、若い学生に、汗を流す労働者に、すべての人に、生活する素晴らしさと生きる厳しさ、楽しさを求めた。生きることは何なのだろうということを、暮らしのなかで考えながら言葉を発するように求めた。この「散歩」という詩はとても悲惨な詩であることには間違いないが、ぼくにはおじいさんの声が悲惨さを通りこして、地の底から湧き上がる、輝く声のように聞こえた。

さて、この詩集には、楽しい出会いの詩もある。連作「四月のたより」の1、「いい詩集を読んで」という詩である。

1　いい詩集を読んで

風邪の寝床で
いい詩集を読んだ。
いい詩集というものは
なによりも作者にじかに会って
やあ、と
挨拶かわすようなもんだ。

夕方の新宿で
ひとりポカンと歩いてきた作者に、
やあ、と挨拶したのは
アサヒ・ビアホールの前。
(あのときは
ずいぶんオゴられちゃったなあ)
いい詩集をおくられた手前、
こんどはぼくが
〈吉兆〉でも奢ろう、
といえば、いささか眉つばになるが、
とにかく寝床で
いい詩集をパタンと顔にかぶせて、
感動のあまり
(ただの言葉で)
これだけ言ったのである。
――Tよ、
たっしゃで暮せ、

ぼくのように風邪などひくな。

「夕方の新宿で／ひとりぽかんと歩いてきた作者」というのは詩人、辻征夫さんのことである。辻さんの『ロビンソン、この詩は何？』（一九八八年、書肆山田）ではこの部分について触れられている。

たしかに私は、ポカンとして歩いていたかもしれないけれど、向こうから歩いて来た菅原さんと阿部岩夫氏の二人は、すでに一時間ばかり焼酎をのんできたとかいうことで、ふらふらよろよろと歩いて来たのである。ずいぶんオゴられちゃったなあというのは、生ビールの中ジョッキ一ぱいずつのこと。二人とも上機嫌で、またふらふらよろよろと、夜の新宿駅の方へ帰って行ったのだが、あれはもう何年前のことになるのだろう。

このような詩人同士のエピソードをぼくはひじょうに微笑ましくもうらやましく思う。忌憚のない文章を書けることだけでも、打ち解けている証拠でもあるし、ひとつの信頼関係が成り立っているからであろう。

最初にこの詩を読んだとき、菅原が「いい詩集」という詩集はいったい何か、作者はだれか、ひどく気になったものだ。

ぼくが菅原の立場になって、つまり風邪を引いて寝込んで、いい詩集を読んだとしても、たぶんこのような詩は書けないのではないかと思う。ほんとうに些細なことを、フッとため息を吐くように詩にするのがうまい詩人なのだ。奥さんが水仕事をしている音であるとか、包丁でものを切る音とか、幼稚園児が走る姿とか、朝の光とか……。菅原克己の詩を読んでいると、気持ちが安心して、心がスーッと落ち着いてくる。詩はこれで、いいのだという気持ちになる。もちろん、詩ではどんなことが起こってもいいのだから、不安になるものや、恐怖を感じるもの、論理的なもの、世のなかに物申す作品など、何があってもいい。いけないということはない。だが、人が不安や恐怖におちいるのは、今のご時世だけでまっぴら、と思っている自分がいる。菅原の「いい詩集を読んで」は、ずいぶんと個人的な作品のようだが、会社員の様子を介した、人と人とのつながりの詩とみると、単なる個人的な詩からぬけだして、悲哀漂う中年男性のユーモアさえも感じさせてくれる詩になっている。

菅原克己の単行詩集としての第七冊目『日々の言づけ』は、毎日の生活をしていくなかから生まれた、生活記録のような詩集である。事実、「あとがき」のなかで、菅原自身が「日常の報告ともいうべきものであるが」と書いている。だが、本当に日常の報告だけだろうか？「あとがき」のなかから続けて読んでみると、「何やら瞬きするようにして、まわりの動きを視つめてきたようだ。」とある。

瞬き、それは一瞬目を閉じることである。みつめることを遮り、瞬時にまたみつめなおすことである。菅原は瞬きをして、本当のことをみつけだす。表側は日々の生活の報告であるが、裏側を丹念に読み込んでみれば、一瞬のうちに詩の奥底に入っていく。人間のふくよかな感情を忍び込ませることに成功しているのだ。

真実をみつけだす詩人は、軽やかな言葉で日々の生活を綴り、なんら私利私欲とはおよそ関係のない人々が読者になっていく。「あとがき」では近所のたばこ屋のおばさんが新聞をみて、

「あんたの詩を読んだよ、切りぬいてとってある」

という。このような人こそが、「大事な読者だ」と菅原は書いているのだ。

八　生きている詩を書く・『一つの机』

菅原克己の単行本として八冊目の詩集『一つの机』（西田書店）は、一九八八（昭和六十三）年四月二十日の発行日付けになっている。菅原が亡くなったのがその年の三月三十一日であるから、できあがった本はみていなかったことになる。

詩集の構成としては、『日々の言づけ』以後の詩から成り立っていて、また、『定本菅原克己詩集』のなかの「未刊詩集より」からの作品も収録されている。室生犀星の詩に出合ってからの、六十年間の集大成でもあり、最後の単行詩集である。

全篇を通して読んでみるとわかるのだが、今まで語ってきた菅原克己という詩人が、この一冊のなかにすべて含まれていて、すばらしい詩集となっている。冒頭の「朝の挨拶」は象徴的な詩でもある。

朝の挨拶

さわやかな目覚めに
わが家に
朝陽がさしているのを見た。
それから
妻が野菜を切っている音を聞いた。
ぼくはささいなことが好きだ。
くらしのなかで
詩が静かな不意打ちのように
やってくるというのはほんとうだ。
もうじき
風にのって
とぎれとぎれに聞こえてくる
丘の上の中学校の
いつものオルガンの挨拶でさえ……。

「朝の挨拶」を全行引用してみた。「ブラザー軒」であるとか、「マクシム」であるとか、菅原の代表作とされている詩とともに、この詩の味もまた格別である。

いままでも多くの菅原の詩を読んできたが、キーワードである、〈朝陽〉であるとか、〈妻〉が野菜を切る〈音〉であるとかが、効果的に作用しているのがわかるだろう。そして「詩が静かな不意打ちのように／やってくるというのはほんとうだ。」という詩行がまさに菅原克己の詩、そのもののように表されているのである。

一読して、なにげない言葉の連続だ。だが、内面に奥深く切り込んでくるような、せつないほどに清潔な朝の描写がある。言葉は平明なだけに、言葉の概念を取り外して、自由に動いているのがわかる。

菅原はこの詩集作成時、パーキンソン病に臥していて、なかなか歩行もままならなかった。編集には、詩人の阿部岩夫、姪で詩人の千田陽子、地域サークルの方々が協力したという。本人の意思を十二分に尊重しながら編集をおこなっていったに違いない。この詩集の構想を聞き、校正原稿を見た菅原は満足であっただろうと想像するばかりである。

編集に携わった方々は、できれば詩人が亡くなる前に、発行を間に合わせたいという希望があったことだろう。困難のなかでの詩集制作だったことは、容易に察することができる。その努力に敬服するばかりだ。

タイトルにもなった「一つの机」を読んでみよう。

一つの机

部屋のまんなかに
大きな机がある。
ぼくの書きもの机だが
ぼくがいない時には
かみさんの専用机にもなる。
彼女はここで
とうもろこしをむき、
じゃが薯を切る。
昨夜は若い来客があり、
みんなで賑やかにズブロッカを飲んだ。
今夜はもうすこしたつと
かみさんと
食事の場になるだろう。
ふしぎだ、

ここ三十年ほどちっとも変らない。
ぼくはさっきまで書きものをし、
かみさんは台所で
静かな水音をたてる。
そして貧乏ぐらしは特権のように
一つの机の上で
そのまま堂々と
明日に移ってゆく。
亡くなった先輩詩人たちにとっては
こんなことはごくふつうのことなのだ、
といえば、
かみさんは食器をならべながら
笑って何も答えない。
机のすみに裏で摘んできた
野バラの花がチラチラ咲いている。

人にとっての本当の幸せとは、何だろう？　人が人として生きていく上で、普通に生活ができること。何の心配も心にとどめておくことがなく、蛇口をひねれば水がほとばしり、ガスコンロのスイッチを回せば火が付くこと。当たりまえのことが、のぞむことなく、普通にできること。住む家について、家のこと自体を考えなくていい生活。それこそが幸せであるということ、なのだ。この問いかけは、別の詩集のところでもおこなってきた。菅原は「一つの机」においても、また同様な問いかけをし、そして自らが自分の言葉によって、解答を書いている。幸せの象徴として、大きな一つの机は部屋のまんなかに鎮座している。

大きな机…この机は、毎回同人雑誌の例会として利用されていたり、食事の場であったり、お酒を酌み交わす場所であったり、詩人と語り合うところだったりした。多くの人たちの役にたったことだろう。思い出をすべて吸収したような、かけがえのないものだったに違いない。菅原がいう〈大きな机〉、この言葉の意味するところは、誰もが忘れがたい経験を積み重ねてきた親しみのある場所のことであり、実生活の基盤ともなる出発点なのだ。

実際の机の大きさについては、栗原澪子著の『『日の底』ノート他』(二〇〇七年、七月堂)に、「サークルP」の例会で訪れた栗原が、机のことを書き記している。それほど大きくはなかったようでもある。

「部屋のまんなかに/大きな机がある。」

と、菅原さんは書き出されましたが、実際には、「小さな机」と言っていい木製の低いテーブルでした。もっとも、まるで童話に出てくる家のように、かわいらしかった住み家の中では、いっぱしのものだったかもしれません。「P」の例会が菅原宅で開かれていた十年間は、すくなくとも毎月一度、その後の十年余は、何かかにかの用事にかこつけては、その前に坐りに行った私にとっても、生涯忘れがたい「一つの机」となりました。

机の大小の差はともかく、詩を書く時の事物の捉え方がすばらしい。この詩の場合、机が使われた背景に、菅原やミツ夫人ばかりでなく、多くの来客たちの足跡が刻まれていることがよくわかる。秀逸な一篇である。

『日々の言づけ』以降の詩がこの詩集には載っているが、近所に住む〈平八つぁん〉と〈とものり〉は、後半の菅原詩の主役でもあった。『一つの机』では、幼児であったとものりの成長した姿も書かれている。「大寒の日に」という詩である。

大寒の日に

夕暮れ
まだ街灯がつかず、

道にならんだ
欅や家々は
うっすら
縞目の水中に沈んでいるようだ。
おや、
自転車を飛ばしてきたのは
おとなりのトモじゃないか。
――どちらにおでかけですか。
小学五年生にもなると
言葉つきがまっとうになるというもんだ。
「お出かけの」
となりのおじいさんは
コロッケでも買ってきて
家で焼酎でもやらかそうと思ってるのに。

お隣に住む〈とものり〉が最初に登場してきたときは、まだ、おしめパンツを穿いていた。カイジュウをやっつけるウルトラマンであり、おやつを狙う泥棒猫だったはずだ。そのかわいらしい子どもが、敬語を使うようになる。これから焼酎でも飲もうという自分に対して、まっとうな言葉で相対してくる。月日の経過、子どもの成長におどろく、何気ない日常のエピソードである。

詩には、どうしてもいっておかなければならない主張を訴えることもあるし、死に関する壮絶なシーンを描かなければならないときもある。たとえようもない苦しみ、悲しみを吐露するときもあるだろう。ただ、どのような場合のどのような詩であっても、言葉だけではいい尽くせぬ気持ち、言葉の意味を飛び越えて、新たな意味が生まれでる、そんな要素が必要なのである。そうでなければ詩を書く意味がない。この「大寒の日に」という詩を読むと、理論であるとか、教養であるとか、思想がどうであるとか、そのようなものはどこかに一掃してしまいたくなる。苦しみや悲しみなどを扱ったものだけが、詩ではないのだ。コロッケをつまみに、焼酎をやらかす詩があってもいいのだ。このジンワリと漂ってくるユーモアとペーソスに、長年詩を書いてきたものの、詩の経験を読み取ることができる。

絶筆になったかどうかは確かではないが、この詩集の最後に掲載されている「夏の夜　その他」という詩がある。ミツ夫人のあとがきによれば、「菅原は「夏の夜　その他」の作品を発表以後は、殆んど詩作をしておりません。」ということである。「殆んど」という書き方に何か書いたものがあるのだろうかと想像はさせられるが、発表されたもの、ということになると、この「夏の夜　その他」が最後ということになるであろう。連作短篇の詩、四篇で構成されている。その二篇目の詩を引用しよう。

＊

古い、小さな詩集を読んだ。
ぼくの心が静かになった。
いい詩集というものは
何年たっても
事物がそのままそこにある。
遠いむかし、
小さな娘と明るい浜辺が見える。
透き通るようだ。
ぼくの心が静かになった。

まるで、菅原克己詩集を読んだあとの、感慨のような詩だ。
菅原は、昭和二年の秋、神田の古本屋で室生犀星の『愛の詩集』をみつけた。詩集の最初の詩「はる」に衝撃を受け、日常の言葉が詩になるのだということを発見する。十六歳のできごとである。「はる」を読んだときから、身近な言葉を使って詩を書く、という意識が芽生えてきたのはたしかなことだ。おおげさな言葉は使わず、なによりも素直に書くということを生涯、実践してきた。

詩を書きだしてから、いろいろなことがあった。非合法時代の共産党でプリンターを任されて検挙され、拷問を受け、投獄された。新日本文学会で先生を務め、地域のサークルで詩を書き、社会情勢に推されつつ運動を行い、でも、詩だけは手放さなかった。波乱万丈な人生だった、といいたいが、人の人生には何事かが起きるものなのだ。

菅原克己は菅原克己の人生を送ったのだ。そして、いつも傍らに詩というものが存在していた。詩、文学、それほどに大げさなものではなく、言葉を携えて生きてきた人だったといおう。しょせん、ブンガクなんていうものは、理屈ではいい表せるものではない。とくに詩は、言葉の意味を飛び越え、新しい世界を創るものであるから。

菅原は、詩を生活のなかに溶け込ませたかった。いや、その反対で、生活のなかにある詩を書き表したかった。だから、難しい言葉はいらない。そして権力もいらない。詩は常に生活のなかからでてくるものだから。深く思考し、自分の言葉をもとめて生きている詩を書く。菅原克己の最後の詩集『一つの机』は、詩人の総括として最高の到達点に至った詩集になった。

Ⅳ　親友、そして詩

人生とは、極言すれば人との出会いである。

菅原克己という詩人を読み込んでいくうちに、多くの重要な人物が浮かびあがってきた。詩人室生犀星、姉である高橋たか子、詩の先生であった中村恭二郎。ミツ夫人、姪の千田陽子、論争相手の鮎川信夫。まだまだ菅原にとって重要だった人物はたくさんいる。詩人の岡本潤、長谷川七郎、秋山清、小熊秀雄、小説家の小林多喜二。詩人ではないが、プリンターの同志であるちい公、共産党に入るきっかけの小西ゆき子、党幹部の森田二郎や、小畑達夫。新日本文学では、長谷川四郎、小沢信男、長谷川龍生、等々。このように多くの人たちとの関わり合いのなかで、特に仲が良かったのではないかと思われる二人の人物がいる。小森武と小林勝である。

小森武は、師範学校時代からの親友であり、菅原は小森から〈読書会〉を通じて共産主義を勉強していったと思われる。西田書店版の『菅原克己全詩集』の栞には小森武の息子さんである、小森泰三さんというかたが「菅原さんのこと」という文章を書いている。父、小森武に関する記述があるので引用する。

私の父は小森武と言って数年前に世を去ったが、東京で革新知事を三期つとめた美濃部亮吉の影の演出者として知られた男である。三島由紀夫に「宴のあと」というちょっと異色の小説があるが、そこに山崎素一という名で登場するのが父で、割合好意的に書いてあったように記憶している。小森武と菅原克己は太平洋戦争直前、豊島師範の同級生で、父が親玉をつとめた学園紛争の結果他の友人十数人と共に師範を放校されてから菅原さんの死まで生涯を親友として送った。

小森武は、文学的な側面からみれば学生時代に文芸雑誌をだしていたぐらいのようだ。だが、ご子息の文章を読むと、菅原との付き合いは身内同様であったとのこと。菅原の『遠い城』（一九九三年、西田書店）には小森武との交流がつぶさに書かれていておもしろい。若き日に勉強をし、意見を交わし、お互いにお互いを刺激し合った友人ほど、大切なものはないだろう。菅原は小森武なる人物を信頼し、切磋琢磨しながら成長していったのではないだろうか。

もう一人は小林勝である。小林勝とは、新日本文学会で知り合い、勤労者向けの文学雑誌の編集などを一緒におこなってきたようである。『遠い城』での文章「ばん屋の対話」でも、最初に小林勝が登場している。小林が亡くなったとき、菅原は追悼詩を書いている。そのことは「五　小さいことを書く・『叔父さんの魔法』」のなかでも取り上げた。菅原がいかにこの小説家を信頼していたのかがわかるだろう。

多くの先輩、後輩、友人たちに囲まれて、得るものとはなんであろうか。一つには、人と人との信頼かもしれない。人間を信頼すること、そして言葉を信頼することは、菅原にとって重要なことだったにちがいない。

単行詩集八冊、『遠い城』、『詩の鉛筆手帖』、数多くの『新日本文学』に掲載された文章等々を読み進めていくうちに、いろいろな発見があった。振り返ってみると、ひとつは正直さということが挙げられる。いいかえれば、ある事象をそのままにみようとしたことだ。みるとは目でみることももちろんだが、自分の意識の内側で反芻し、感じるということである。己の判断でみきわめたもの、そこからしか読者に伝わらないものがある、ということを菅原は感じていたのだと思う。

そして、それを裏打ちするものは、言葉への信頼であろう。言葉では表しきれないものを表そうとする詩というもの、つまりある事象を経験して、みきわめ、相手に投げかけるときに、不確かである言葉を使うことの不条理さを克服する、その言葉こそ、まずは信頼しなければならないと考えていたのではないだろうか。

『新日本文学』（一九九六年三月号）「特集　創立50周年・詩人論」のなかで、比嘉辰夫氏が「詩人のもう一つの顔――菅原克己・覚え書き――」という題で、菅原論を展開している。そのなかで貴重な発言があるので引用してみる。

すでにわれわれは、菅原克己という人が体系を嫌い、観念を嫌う詩人であったことを知っているが、何よりも彼が体系と体系、観念と観念をつなぎ合わせるその隙間にひそむ「嘘」を見抜いている詩人であったことをわれわれは忘れてはならないだろう。その隙間を光らせていたのは、彼にとっては「正直」だけであった。その「正直」さというのは、詩人菅原克己にとっては、言葉への信頼である。

この論考は決定的である。菅原の詩を通読することによって、不当な権力や体制を嫌っていたのは誰しもよくわかるだろう。そして、知識人が考えている思想や行動、世のなかに存在している様々な事象に対する、目にみえないような欺瞞や腹立たしさ、人間の奥底に潜む虚偽、つまり比嘉の言葉を借りれば「嘘」を暴きたてることができる力が、菅原の詩にはあった。これは、菅原の詩のすばらしさの一つである。自分で自覚があったかどうかはわからないが、こういった一連の行為を自然に詩のなかでおこなえた、詩として表現し得た、数少ない詩人のひとりなのである。

もしかして、小森武との付き合い、小林勝との仕事、もっとも身近なミツ夫人との生活を送ることによって、人と言葉との信頼関係というものが確立されていったのかもしれない。養われた目は、自然な形で言葉（詩）になっていったのではないだろうか。

人を、言葉を信じ、陽気なことが好きで、よもや意識的に人を傷つけるようなことはなかった人だったろうと思う。また、菅原の詩は、多くが特定の人に向かって書かれたものだということも発見の一つだった。詩人でありたいと願った人間には、詩壇のことなど関係なかったのだ。

ぼくが今まで菅原克己について、いろいろなことを書き綴ってきたのは、この詩人の真実を、ぼくなりにみつけたかっただけなのである。もっと具体的にいうならば、菅原克己の詩に含まれる「やさしさ」がいったいどこからきたものなのか、この詩人はぼくにとってどういう存在なのかということを、つまりは、菅原の詩を通して一人の人間というものを考えてみたかったのである。

だが、そもそもぼくが書いてきたことで結論はでなかったし、結論をつけたくはない。ぼくはまたこれから先も、菅原克己の詩を読んでいくだろう。

あとがき

本書は、菅原克己という詩人を知ってもらいたい、詩を読んでもらいたい、と願いながら書いたものである。

詩を書きはじめた頃より、菅原の詩を繰り返し読んできた。すでに四十年程にもなる。だからこそ、初心に戻り、もう一度真剣に見つめ直そうという気になった。詩と散文の一つ一つを丹念にくくり、詩に内在するやさしさの根拠を探ろうとしたのが発端である。詩誌「びーぐる」第45号の「菅原克己特集」でのエッセイも誘因の一つだったと思う。楽しいが、苦しい作業でもあった。だが、これからぼくが詩を書き続けていくうえでも、必要な仕事であったと感じている。その結果、詩人の全体像がわかった、などとはいわないし、いえない。むしろ疑問が増えただけのようにも思う。

長い詩などは割愛したが、できる限り、詩は全行を掲載することとした。巻末に付した年譜はあらたに書き下ろしたものである。『定本菅原克己詩集』『菅原克己全詩集』にはそれぞれ詳細な年譜がある。もちろん、先輩たちの努力にはおおくの敬意を表し、参考にさせていただいた。その上で、菅原の仕事を自分自身で確かめてみたかった。もちろん詩は重要だが、できるかぎり散文を重視し、この年譜では「新日本文学」での執筆事項を中心に編纂した。また、没後三十五年のできごとも記してみた。採取されなかった事項も出てくるとは思うが、前記二種類の年譜と合わせることによって、さらに詩人の足跡が見えてくることだろう。

　題名は菅原の詩「げんげの花について」からいただいた。すでに追悼会では「げんげ忌」という名称が定着しており、春の日のゆらゆら揺れているやさしい「げんげの花」のイメージが漂っているからでもある。

　年譜もさることながら、本書はぼくの力不足により完璧なものになっていない。恥ずかしい限りであるが、これが今のぼくの実力である。ただ、菅原克己がどのような詩人であったかということと、少しでも新しい側面を見出すことができたならば、使命は全うできたかと思う。そしてこの一冊を踏み台にして、もっと多くの人に知られ、読まれ、研究され、菅原の詩のすべてがにわかに活気づいて、元気よく出てくることを願っている。

　最後になったが、ご協力いただいた方々、図書館、文学館、拙文を掲載してくださった雑誌の皆様、そしてなによりも出版の労を担っていただいた「書肆侃侃房」の田島安江さんには感謝の言葉を申し上げる次第である。どうもありがとうございました。


二〇二三年七月二十二日、梅雨明けの日に。

金井雄二

菅原克己年譜

＊この年譜は『定本菅原克己詩集』（永井出版企画）、『菅原克己全詩集』（西田書店）の各年譜を基本に、新たに書き下ろした。没後、三十五年間の主な関連事項も付した。

西暦年号	年齢	菅原克己年譜	主な出来事
一九一〇(明治四十三)年			大逆事件
一九一一(明治四十四)年		一月二十二日、宮城県亘理郡亘理町に生まれる。第四子次男。父菅原新兵衛、母きん。兄千里（九歳）、長姉たか（七歳）、次姉きよ（三歳）。	幸徳秋水ら12名刑死。東京・大阪に特別高等警察を置く。
一九一三(大正二)年	二歳	妹まさ生まれる。	
一九一四(大正三)年	三歳	父官兵衛は、学事を視察することを任務とした郡の官職、郡視学であった。	第一次世界大戦。
一九一〇(大正二)年		郡視学から県視学になることにより一家は仙台に移る。	
一九一六(大正五)年	五歳	弟隆三生まれる。	
一九一七(大正六)年	六歳	宮城県立師範学校附属小学校（現・宮城教育大学附属小学校）入学。	
一九一九(大正八)年	八歳	妹みどり生まれる。	
一九二一(大正十)年	十歳	父新兵衛、宮城県角田高等女学校（現・宮城県角田高等学校）校長となる。	
一九二二(大正十一)年			日本共産党結成（非合法）
一九二三(大正十二)年	十二歳	一月　父、新兵衛が校長室で急死。三月　宮城県立師範学校附属小学校卒業。四月　宮城県立第一中学校（現・宮城県仙台第一高等学校）入学。父死去のため一家は母の実家（栗原郡）に転居。九月一日、関東大震災。震災後の東京に移転するも、克己は中学校通いのため仙台に残る。	
一九二四(大正十三)年	十三歳	四月　上京、練馬区に住む。豊島師範学校（現・東京学芸大学の母体の一つ）附属小学校高等科に入学。	

一九二五（大正十四）年			普通選挙法公布、治安維持法公布。
一九二七（昭和二）年	十六歳	四月　豊島師範学校入学。音楽部に在籍する。この年の秋に神田の古本屋で、室生犀星の『愛の詩集』を見つける。「生きている自分にとって、何かを方向づける人生的な意味を持った貴重な書になったのである。」と述懐している。（『遠い城』、「詩と真実の間」）『定本菅原克己詩集』（永井出版企画）の年譜では一九二八（昭和三）年十七歳の項目に、この『愛の詩集』の発見が記載されているが、『遠い城』の記述から昭和二年の事であろうと思われる。	
一九二八（昭和三）年	十七歳	一〇月　姉高橋たか子が詩集『夕空を飛翔する』（大地舎）を出版。出版記念会というものに初めて出席する。	日本共産党大検挙。
一九二九（昭和四）年	十八歳	師範学校三年。クラスの友人たちと同人雑誌を始める。肋膜炎を患う。半年近く闘病。詩らしいものを書きはじめる。	
一九三〇（昭和五）年	十九歳	師範学校四年。小森武を知り、勉強サークル〈読書会〉（略称R・S、共産主義の勉強会）を始める。ストライキを起こし、退学させられる。小森武はのちの美濃部東京都知事のブレーンとして影響力を持つ人。	
一九三一（昭和六）年	二十歳	四月　私立日本美術学校（のちの「日本美術専門学校」現在は閉校）図案科入学。（『遠い城』、「詩と真実の間」の「画学生」のなかでは、「ぼくの入学は一九三〇（昭和五）年だから、」と記載がある。）	満州事変。
一九三二（昭和七）年	二十一歳	左翼の地下活動を手伝うようになる。また肋膜炎を患ったことにより、結核を宣言され、自宅療養となる。読書と詩作の時間になるが、美術学校は除籍となってしまった。	五・一五事件。犬養毅暗殺。
一九三三（昭和八）年	二十二歳	共産党の非合法の運動に参加する。「兵士の友」（軍隊内の党員向けの新聞）のプリンターを命じられる。そんなときにもひそかに感傷的な詩を書いていた。	
一九三四（昭和九）年	二十三歳	共産党より、『赤旗』のプリンターを依頼される。一九三四年三月八日付第一七三号から、三十五年二月二十日付第一八七号までを印刷。ガリを切り、手製の謄写版で印刷。	
		五月　母きん死去。	
一九三五（昭和十）年	二十四歳	七月　非合法活動に関わったことで、検挙される。板橋署に拘留、半地下の房に移され、	

年	年齢	事項	社会
		暴行を受ける。姉が持って来てくれた雑誌「詩行動」に載った自分の詩、「北風の賦」「手」を留置場で読み、感銘深く感じる。十二月　姉たか子らの嘆願書、医者の証言により起訴保留で釈放されるが監視付きであった。	
一九三六（昭和十一）年	二十五歳	アナキスト詩人たち、小野十三郎、岡本潤、秋山清、清水清らと会う。中央図案研究所に勤めるが、まもなくコロナ画房（ともに町の小さな図案社）に勤める。	二・二六事件。高橋是清暗殺。
一九三七（昭和十二）年	二十六歳	図案社に通い、ひっそりと暮らす。家の方では、二か月に一度は視察人（刑事）の訪問を受けていた。	日中戦争起こる。盧溝橋事件。
一九三八（昭和十三）年	二十七歳	五月　杉本ミツと結婚。西巣鴨のミツの実家で暮らす。	国家総動員法成立。
一九三九（昭和十四）年	二十八歳	三月　コロナ画房退社。四月　伊東屋（現・伊東屋）に就職。	
一九四〇（昭和十五）年	二十九歳	伊東屋にて、宣伝部（専属は一人）として働く。	
一九四一（昭和十六）年	三十歳	「小熊秀雄遺作展」の看板を見てかけつけ、小熊秀雄が亡くなったことを知る。十二月　太平洋戦争没発の日、小説みたいなものを書いていた。	日本軍、真珠湾攻撃。米国・英国に宣戦布告。太平洋戦争。
一九四二（昭和十七）年	三十一歳	伊東屋より、宣伝部から店員への要請があったが、思案のすえに退職。美校時代の友人長谷川七郎の紹介で、工作機械専門の出版社「マシナリー」に入る。アナキスト詩人、植村諦を知る。	
一九四四（昭和十九）年	三十三歳	情報局（思想の取り締まり強化をする国の機関）の〈出版界からのアカ追放〉にぶつかり、「マシナリー」を退社。師範学校にいたころの指導者格の帆足計を頼り、重要産業協議会（経済団体）の文書課に入る。六月　召集令状、横須賀の海兵団に行く。〈右肺胸膜炎、翌年廻し〉ということで、九日間で帰される。重要産業協議会に戻る。東中野の昭和通りに住む。アナキスト詩人、秋山清と交流。	大東亜会議
		東中野の家は、「ロマネスクまがいの洋館づくりで、将棋駒のように角ばった、頑丈な建て付けであった。」（『遠い城』「日の通い道」）	
一九四五（昭和二十）年	三十四歳	四月　東中野の家が空襲で焼け、秋山清が借りていたアパートに転がり込む。このアパートで岡本潤に会う。間もなく北沢（世田谷区北沢池の上）の知人宅の離れへ引っ越す。六畳一間きりの小さな一軒建てだった。八月　重要産業協議会の局長室で、降伏受諾の	ポツダム宣言受諾。終戦。

年	年齢	事項	社会
		ラジオを聞く。「ラジオが終って廊下に出たとき、私はたちまち心晴れ上り、今や大きく手を振りたい気がした」（『遠い城』「日の通い道」）	
一九四六（昭和二十一）年	三十五歳	重要産業協議会を辞める。豊島師範時代の小森武が創立した黄土社（一九五四年破産）に入社する。池田克己のガリ版刷り詩誌「花」第三号に参加。	日本国憲法公布。
一九四七（昭和二十二）年	三十六歳	一月　日本共産党に入党。四月　ひろし・ぬやま（西沢隆二・詩人、共産党員）の詩集『編笠』の書評（「風雪」四月号）を書く。十月　「日本未来派」第5号に「ヴァミリオンの絵」と題したエッセイを書く。小熊秀雄の絵を売るという話。	教育基本法、学校教育法公布
一九四八（昭和二十三）年	三十七歳	十月　池田克己編『現代日本代表作詩集』に詩「秩父」が掲載される。	
一九四九（昭和二十四）年	三十八歳	十二月　第二次「コスモス」同人となる。壺井繁治、安藤次男、長谷川龍生を知る。	湯川秀樹ノーベル賞を受賞。
一九五〇（昭和二十五）年	三十九歳	十二月　雑誌「選挙」の表紙絵を描く。雪の中の少女の絵である。	
一九五一（昭和二十六）年	四十歳	五月　妹、みどり死去。十二月　第一詩集『手』（木馬社）刊行。「古い恋文でも公開するような狼狽した感情を味わった」と詩集のあとがきで感慨を述べている。	日米安全保障条約調印。
一九五二（昭和二十七）年	四十一歳	三月　詩誌「列島」が創刊。同人となる。「列島」5、6、7、9、10、11、12号に寄稿。四月　雑誌「新日本文学」四月号に詩集『手』の書評が載る。評者は岡本潤。「通読してみると、どっちかといえば内気なヒューマニストとしてのこの詩人が、日本帝国主義の暗い重圧の下で、ささやかな灯を胸にともしながらずっと歩みつづけてきた道が、てらいのない素朴な作品の連鎖となつてあらわれている。」と評価した。五月　雑誌「列島」二号に詩集『手』の書評が載る。評者は関根弘。「彼が十年一日のごとき額縁のなかに収めた生活のスケッチは、非難をするのにきがひけるほど善良さと生真面目さに満ちているが、僕はこうした善良さ生真面目さが喜ぶべき現象ではないと考える。」	日米行政協定調印。
一九五三（昭和二十八）年	四十二歳	八月　詩誌「列島」五号に詩「ローゼンバーグ夫妻のために」掲載。十月　詩誌「列島」六号に詩「日鋼赤羽工場」と、書評「機械のなかの青春」（呉羽紡績組合文教部編のアンソロジー詩集、佐多稲子の同名小説とは別）を掲載。日本美術工房に入社。小森武がやっていたところで、以後、図案で生計をたてる。十二月　『種子に粉をひくな』ケエテ・コルヴイツ著（同光社磯部書房）の装幀をする。その他にも本の装幀等手がける。	NHKテレビ放送開始。

一九五四（昭和二十九）年	四十三歳	一月　詩誌「列島」七号に詩、「わが町細胞員」を掲載。「文学の友」創刊。詩の選者になる。七月　詩誌「列島」九号に作品月評「現場の詩の魅力」を掲載。「現代詩」創刊。九月　詩誌「列島」十号に作品月評「実験から昂揚へ」を掲載。十月　日本文学学校が開校。十一月　詩誌「列島」十一号に書評「銀行員の詩集・鉄路のうたごえ」を掲載。	福竜丸ビキニ水爆被災事件。
一九五五（昭和三十）年	四十四歳	三月　詩誌「列島」十二号に書評「戦後詩人全集Ⅳ」を掲載。四月　日本文学学校の講師、校務委員となる。五月　前年に現代詩人会が刊行した『死の灰詩集』（水爆実験に対する抗議の詩を掲載したアンソロジー）による論争が起こる。鮎川信夫の批判に対して反批判を書く。「文学の友」廃刊のあと、「生活と文学」の編集実務を担当。十月　創元社『ポエム・ライブラリー5　学校の詩・サークルの詩』に「未来をつくる人たち」執筆。	原子力基本法制定。
一九五六（昭和三十一）年	四十五歳	一月　『ロシア民謡　I』ロシア民謡の訳詞をおこなう。八月　『現代詩用語辞典』を刊行。村野四郎と共編。企画、各項目の選定編集、一部執筆をした。十二月　『講座現代詩Ⅱ　詩の技法』（飯塚書店）に評論「言葉の底辺と頂点」執筆。東京世田谷区から調布市に転居。	日本の国際連合加盟成る。
一九五七（昭和三十二）年	四十六歳	一月　「森の会」を結成、詩誌「森」創刊。文学学校卒業生中心の雑誌。三月　飯塚書店から刊行された『詩の教室』全五巻に関わる。第一巻は三月発行。十一月　「新人文学」の詩の選者になる。	日本の国際連盟加盟成る。
一九五八（昭和三十三）年	四十七歳	五月　『徳目についての四十一章』中島健蔵、国分一太郎篇（明治図書出版）に「共同（協同）について」というエッセイを執筆。八月　「現代詩の会」（新日本文学会詩委員会発行の「現代詩」が独立。）の運営委員となる。九月　『現代文学講座』日本文学学校編著（飯塚書店）に「詩の言葉」執筆。十一月　雑誌「詩学」十一月号にエッセイ「覚え書きプロレタリア詩」執筆。十二月　第二詩集『日の底』（飯塚書店）刊行。	一万円札発行。
一九五九（昭和三十四）年	四十八歳	三月　雑誌「詩学」三月号（「詩学図書室」欄）に詩集『日の底』の書評が載る。二十日夜、東京日本出版クラブ『日の底』出版記念会。六月　『現代詩全集』第二巻（ユリイカ）に作品二十篇掲載。雑誌「詩学」六月号に「わが詩集を語る」を執筆。「身分不相応な息子の顔を見るように装幀のリッパなわが詩集に対面したのである。」と感慨を綴っている。十二月　第三回「現代詩」新人賞の選考委員。	伊勢湾台風。

年	歳	事項	社会
一九六〇（昭和三十五）年	四十九歳	二月　現代詩の会、第一回総会。運営委員および事務局長となる。雑誌「新日本文学」二月号に評論「変貌する労働者の詩」執筆。三月　雑誌「新日本文学」三月号には、壺井繁治が先月号の菅原の評論を受けて「菅原克己に答える」を書く。四月　雑誌「新日本文学」四月号、サークルエッセイ「眠りたまえディドンよ」執筆。雑誌「現代詩」に詩時評「四つの詩と一本の糸」執筆。五月　雑誌「新日本文学」五月号、サークル詩時評「異物への恐怖」執筆。六月　NHKラジオで長編詩「群衆は背中しか見せない」が放送される。十二月　第四回「現代詩」新人賞の選考委員。	日米新安全保障条約調印。安保闘争起こる。全学連デモ。カラーテレビ放送始まる。
一九六一（昭和三十六）年	五十歳	二月　雑誌「新日本文学」二月号に評論「労働者の詩の論理とイメージ」を執筆。六月『新編啄木選集・別巻　啄木入門』（春秋社）に「ふるさと・青年・革命―啄木の詩」を執筆。八月　共同声明（「さしあたってこれだけは」発起人、武井昭夫、谷川雁、関根弘等）をめぐり、共産党から査問を受ける。結果的に、翌年除名される。九月「現代詩の会」における「詩の教室」開催、講師となる。十月　雑誌「新日本文学」十月号に評論「詩の真実」執筆。十一月　雑誌「新日本文学」十一月号に「労働者詩人の現実と表現」執筆。十二月　雑誌「国民文化」25にエッセイ「未知の世界への衝動」執筆。第五回「現代詩」新人賞の選考委員。	貿易自由化開始。
一九六二（昭和三十七）年	五十一歳	二月　雑誌「新人文学」30号「詩と思想」執筆。雑誌「詩の手帳」二月号「かわいがられる詩―教育者の児童詩指導について」執筆。三月　中国の出版社より、『驚雷集』―日本人民反美愛国闘争詩集―が出版。これは、安保闘争が生んだ日本の詩を集めたもので、中国の依頼により、新日本文学会が「反帝詩集小委員会」を作り協力。菅原はそれに参加。四月　日本文学学校が新日本文学会の付属学校となる。公務主任になり副校長と呼ばれる。校長は野間宏。雑誌「新日本文学」四月号に「新日本文学学校の新発足」を執筆。雑誌「詩学」四月号より研究会作品合評選者となるが、七月号より病気療養で休む。五月　雑誌「新日本文学」五月号に「プロレタリア詩の継承」を執筆。胃潰瘍で入院、手術。党から除名の通告も受ける。「胃袋が1－3になったということは、ぼくの身体に未知なことが始まったということだ」（『遠い城』「胃袋手帖」）	金融引締め解除、景気回復化進む。
一九六三（昭和三十八）年	五十二歳	三月　雑誌「新日本文学」三月号に「くるまおしのうた」（産業別サークルめぐりⅢ）を	

年	年齢	事項	社会
		執筆。「全逓新聞」の詩の選者になる。四月　雑誌「詩学」四月号に評論「プロレタリア詩の再創造私論」を執筆。	
一九六四（昭和三十九）年	五十三歳	一月　雑誌「新日本文学」一月号に『文学と天皇制』清水昭三著の書評を執筆。四月　雑誌「新人文学」35号に「現代詩にふれて」を執筆。六月　『詩の辞典』菅原克己編著（飯塚書店）出版。七・八月　雑誌「国語教育」に、「私の顔を返して下さい」執筆。十月　現代詩の会、解散。「全電通文化」の詩の選者になる。雑誌「新日本文学」十月号エッセイ「第二回「現代絵画の精鋭展」雑感」を執筆。	東京国際オリンピック大会開く。東海道新幹線開業。
一九六五（昭和四十）年	五十四歳	三月　雑誌「映像芸術」三月号「ふたりのイワン――「現代詩の会」解散にふれて」執筆。五月　雑誌「国民文化」66の「ベトナムに平和を・世界に平和を　われわれは訴える」に短文。六月「サークルＰ」結成。詩誌「Ｐ」の創刊。「サークル・Ｐ　参加のよびかけ」では、「詩の精神を重視し、どんなに巧みに言葉を構成する人であっても、すでに詩精神の衰退が見られる人の参加は歓迎されないだろう。」と説いた。七月　雑誌「新日本文学」七月号アンケート「ベトナムにおけるアメリカの非人道的侵略行動に抗議する」に回答。八月　詩誌「Ｐ」2号発行。「はだかで失礼！」というタイトルのもと、「Ｐ」1号に寄せられた意見について述べている。「心を動かすならば、まず身を起こせ。」と会員を鼓舞している。その後も「Ｐ」は順調に発行され、朗読会なども行われている。十月「日ソ文学シンポジウム」の日本代表の一人として参加。雑誌「新日本文学」同人雑誌評「低迷する小説群」執筆。十一月　雑誌「新日本文学」同人雑誌評「状況を破る下層精神」執筆。	日韓基本条約締結。
一九六六（昭和四十一）年	五十五歳	二月　雑誌「新日本文学」二月号に「記録　日ソ文学シンポジウム＝現代文学におけるヒーロー」による報告書「無名の民衆の詩」を執筆。菅原はこの報告のなかで「私はこの沢山の無名の民衆の詩の書き手たちが、将来かならず美しい詩の創造をかちとることを信じています。私の詩におけるヒーローというのは、そういう下積みの、しかも未来に可能性をもった民衆詩人たちをさし示しています。」と書いている。三月　第三詩集『陽の扉』（東京出版センター）刊行。『文章のつくり方』（野間宏編　三一書房）に「VI　詩」を執筆。七月　雑誌「水温の研究」vol.10にエッセイ「水とおそばとブドー酒」を	全日空機羽田沖墜落事件。

年	年齢	事項	社会
		執筆。八月　雑誌「新日本文学」八月号に、三木卓が『陽の扉』の書評掲載。「いま、ぼくの目のまえには、ふしぎな詩人が一人立っている感じである。ぼくは、その詩人を、妖精（フェアリ）おじさんと呼びたい。」と菅原を評した。毎月「新日本文学」をテキストとして読む「読者会」が、七月より菅原克己自宅（その他各地域）で定期的に開かれた。「読者会」はのち「読書会」となっている。	
一九六七（昭和四十二）年	五十六歳	一月　「高校生文芸」の詩の選者になる。三月　雑誌「詩学」三月号において、長岡三夫、福井桂子を新人推薦する。四月　雑誌「詩と批評」に「青春の眼」執筆。三木卓詩集『東京午前三時』の書評。十月　新人文学会《13周年記念文芸講演会・代々木初台区民会館》尾崎秀樹、小林勝と共に講師を務める。この年も「読者会」は継続。	東京都知事選挙、革新系候補美濃部亮吉当選。
一九六八（昭和四十三）年	五十七歳	二月　雑誌「現代詩手帖」の「新人作品欄」の選者となる。三月　雑誌「社会教育」三月号に「「綴り方教室」第一期を終えて」を執筆。「書きとめたことは、消えてなくなることなく、その言葉が今度は逆に自分に問いかけてくるにちがいない。それがほんとうの思想であり、今後のそれぞれの暮らし方の上でも大きな意味を持つものと、ぼくは考える。」と評した。「反戦と文学の夕べ」（二十一日、午後六時、九段会館）参加。七月　雑誌「新日本文学」七月号「読者会からのレポート」執筆。九月　雑誌「新日本文学」九月号「読者会からのレポート」執筆。十月　高良留美子『物の言葉—詩の行為と夢』（せりか書房）において、詩集『陽の扉』の書評が載る。「わたしはそこに流れている、生活とのたしかな接点を持った抒情を、じゅうぶんに楽しむことができた」と書いている。十一月　雑誌「新日本文学」十一月号「読者会からのレポート」執筆。この年も「読者会」は継続。	川端康成ノーベル文学賞受賞。
一九六九（昭和四十四）年	五十八歳	四月　詩誌「P」10号発行。アンケート〈私は、何故詩を書くか?〉という設問に、「詩よ、お前とならば」という文章のなかで「棺桶の中へ持ってゆくために」と書いている。また、詩は、「詩人の喪」のタイトルのもと、「マクシム」と「詩人の喪」の二篇が続けて掲載されている。五月　雑誌「詩学」五月号、エッセイ「ぼくと音楽」執筆。母親と音楽との関係を記した。七月　第四詩集『遠くと近くで』（東京出版センター）刊行。『手』の復刻版作成。『日本詩人全集　34　昭和詩集（二）』に詩六編掲載。解	いざなぎ景気。

年	年齢	事項	社会の出来事
		説、大岡信。「この詩人の一面は、明るさと繊細さにおいて傑出している。」と評している。雑誌「新日本文学」七月号、内田麟太郎詩集『これでいいへら』の書評執筆。九月『現代詩鑑賞講座』第十一巻（伊藤信吉等編　角川書店）に、菅原の詩「マクシム」が黒田三郎評で掲載。「菅原の詩には、せつないほどのやさしさがある。」と評した。この年も「読者会」は継続。	
一九七〇（昭和四十五）年	五十九歳	四月　雑誌「新日本文学」四月号、（小特集―『田木繁詩集』をめぐって）「わが身と思いあわせて」を執筆。「戦前、戦中、戦後を通じて、歌を拒絶し、自分の論理を押し通してきたこの詩人に学ぶことが大きいと思うのである。」と書いた。六月　『世界反戦詩集』（太平出版社）を木島始、長谷川四郎とともに編集、解説を書く。『日本の詩歌』第27巻「現代詩集」（中央公論社）に作品三編掲載。十月　『野間宏全集』詩、戯曲解説、「野間宏の詩」を執筆。十二月　長兄千里（六八歳）死亡。この年も「読者会」は継続。	三島由紀夫割腹自殺。日本万国博覧会。よど号乗取り事件。
一九七一（昭和四十六）年	六十歳	一月　雑誌「新日本文学」一月号に詩画「ぼくの〝マザア・グウス〟」を執筆。「こどもの絵と猫とねずみの絵、少年詩二編が掲載されている。」三月　親友、小林勝が亡くなる。七月　雑誌「新日本文学」七月号「追悼＝小林勝・斎藤竜鳳の死と遺業」で、小林勝への追悼詩「天井の星」（詩四篇）を執筆。十月　雑誌「国語教育」十月号に「こどもの詩」執筆。雑誌「新日本文学」十月号、エッセイ「「富士見」行き」を執筆。小林勝の納骨式参列への記録。十月十九日　文学学校修了パーティ後、二階からの狭い階段を踏みはずし、鎖骨を折る。十二月　雑誌「新日本文学」十二月号に近況が載る。「菅原克己氏の階段落下（事務局日記参照）による負傷は、そのごの診察で左鎖骨脱臼、左鎖骨一本骨折、左右の掌骨にヒビ、の意外の重傷と判明。目下安静加療中。ご全快を祈る。」とある。雑誌「偕行」十二月号に、小林勝の追悼文「あの世からの贈りもの」執筆。小林勝が酔って原稿を紛失し、翌日までに再度書き直したエピソードが語られる。執筆時は納骨後のことと思われる。この年も「読者会」は継続。	沖縄返還協定調印。成田空港用地強制代執行、反対派農民らの闘争。
一九七二（昭和四十七）年	六十一歳	七月　雑誌「詩学」七月号「詩人の童話作品集」に「雨についてきた少女」執筆。のちの創樹社版『遠い城』（一九七七年）では「雨についてきた子―亡くなったある少女に」となっている。八月　思潮社の現代詩文庫『菅原克己詩集』刊行。九月　雑誌「新日本	沖縄復帰。日中国交正常化。

年	年齢	事項	社会
		文学」九月号、巻頭言「稲村ガ崎の人」執筆。仏文学者、小牧近江さんを訪ねる話。九月　雑誌「現代詩手帖」九月号「わが詩、わが夢」執筆。十二月　雑誌「詩学」で川杉敏夫が「負のシーニュ　―サークル「P」についての感想」を書き、菅原克己についても言及。この年も「読者会」は継続。	
一九七三(昭和四十八)年	六十二歳	一月〜十二月　雑誌「詩芸術」に「詩の鉛筆手帖」を連載する。四月　雑誌「新日本文学」四月号、特集「カネと文学」で、「詩人の家計簿」執筆。文中、「――パンに夢をくっつけて食べる……なんといい言葉だったろう」と生活を語った。六月　調布市から「詩の講座」の講師依頼があり「暮しの中の詩サークル」を発足。七月　雑誌「詩と思想」七月号で「夢と反逆の来歴　岡本潤・覚え書き」を執筆。八月「読書新聞」八月二十六日に「日々の協奏曲」執筆。石垣りん著『ユーモアの鎖国』の書評。十一月　雑誌「新日本文学」十一月号の〈呉林俊追悼〉で、「亡き呉林俊をしのぶ」執筆。この年も「読者会」は継続。	金大中事件起る。
一九七四(昭和四十九)年	六十三歳	二月　雑誌「新日本文学」二月号の今月の詩集において、書評「土屋京子詩集『穹』を読んで」を執筆。五月　雑誌「現代の眼」五月号「〈随筆〉近況報告」で、最後の「赤旗」プリンターをしていた頃の相方、通称〈ちい公〉との再会を綴ったもの。(『遠い城』「驢馬の鈴」の中の「昔の友だち」として掲載) 七月　雑誌「詩学」七月号、「新井恵美子さんのこと」執筆。詩稿を菅原に渡したまま自死した女性について語っている。「詩学」では「新井恵美子遺稿詩集」としてこの号で詩を掲載している。この年も「読者会」は継続。	佐藤栄作、ノーベル平和賞受賞。
一九七五(昭和五十)年	六十四歳	二月　雑誌「新日本文学」二月号で、井之川巨詩集『詩と状況　おれが人間であることの記憶』の書評を執筆。四月　第五詩集『叔父さんの魔法』(朔人社)刊行。七月『小林勝作品集』(全五巻　白川書院)を、中野重治、野間宏、長谷川四郎と共に編集。第三巻に「思い出すままに」と題した解説を書く。雑誌「新日本文学」七月号、新日本文学会第十八回大会報告において「大会で感じたこと」執筆。この一文は、「―主として言葉に関して」と副題がついているように、大会報告というよりは言葉に関するエッセイである。十月　雑誌「新日本文学」十月号に詩集『叔父さんの魔法』の書評が載る。評	沖縄海洋博覧会。ヴェトナム戦争終わる。

年	年齢	事項	社会
		者は阿部岩夫。十二月十一日～二十三日、長谷川四郎展（荻窪シミズ画廊）に協力。この年も「読書会」は継続。呼び名がこの年の八月より「読者会」より「読書会」に変わっている。	
一九七六（昭和五十一）年	六十五歳	六月　雑誌「新日本文学」六月号「わが事務局時代」執筆。昭和三〇年に入った新日本文学会の事務局に入った当時を振り返っている。九月　雑誌「現代詩手帖」九月号「一冊の詩集」にエッセイ「忘れられた民衆詩人―中村恭二郎詩集『青い空の梢に』」執筆。調布「読書会」一月まで継続。その後「文学学校読書会」として新日本文学会館で行われる。雑誌「ホームドクター」に一年間巻頭詩を掲載する。	ロッキード疑獄事件。田中角栄ら逮捕。
一九七七（昭和五十二）年	六十六歳	三月　雑誌「新日本文学」三月号、「遠い城」（前編）執筆。四月　雑誌「新日本文学」四月号、「遠い城」（後編）執筆。六月　『遠い城』（創樹社）刊行。七月　雑誌「新日本文学」七月号、「対談、『遠い城』をめぐって」菅原克己と阿部岩夫。野田真吉「のろまな時のひと打ちに―『遠い城』についての私語」掲載。七月十日　菅原克己『遠い城』出版を祝う会。新日本文学会館二階にて、百人を超える大立食パーティとなった。八月　雑誌「新日本文学」八月号、平野栄久「ぼくの『遠い城』―菅原克己『遠い城』論」掲載。十月　雑誌「新日本文学」十月号「思いつくままに―日本文学学校に関して」執筆。文学学校生のエピソードなど掲載。十二月　雑誌「労働運動研究」98号、ゆき・ゆきえが書評、「詩人の感性―菅原克己「遠い城」について―」を掲載する。「時とともに価値を増す一枚の写真のように、これらの文章はいつまでも活きるであろう。」と称賛している。	日米漁業協定調印。領海12カイリ法成立。
一九七八（昭和五十三）年	六十七歳	四月　雑誌「新日本文学」四月号、「追悼岡本潤」に「岡本さんを悼む」を執筆。「闘い、つまずき、苦渋をなめながら、なお、死にいたるまで理想を追うことをやめなかった詩人」とぼくはつい二、三日前に、あるところに書いたばかりなのだが、ほんとうにそう思えるのだった」と書いている。八月　雑誌「新日本文学」八月号に「古賀忠昭の詩について」を執筆。古賀の『土の天皇』を読み、「彼はたしかに豊富な才能、強烈な個性があった。しかし今度の詩は、その逞しい筆力によりすぎたための錯誤だったのだろうか？」と評している。十月　雑誌「新日本文学」十月号の「特集、文学の原野―	日中平和友好条約調印。成田空港運営開始。

年	年齢	事項	社会
		文学学校の25年」において、「詩人よ君を譬ふれば—文学学校25年の詩人たち」を執筆。雑誌「新日本文学」十月号、長岡三夫が「サークル・Pのこと」を書いている。	
一九七九(昭和五十四)年	六十八歳	一月　雑誌「新日本文学」一月号、「文学学校のページ」に「二人の卒業生の詩」を執筆。立川健一、阿部紀子の詩を評している。四月　雑誌「新日本文学」四月号、「特集、労働者の文学」で「状況の詩—労働者の詩を読んで」を執筆。五月　雑誌「全逓の文化活動」五月号、「〈日にひとつの詩〉の試み」執筆。八月　小森武夫妻と東欧旅行。十月　『定本　菅原克己詩集』が永井出版企画より発行。十一月　雑誌「新日本文学」十一月号、「一本のろうそく　『小野十三郎全詩集』を読んで」執筆。	東京サミット。
一九八〇(昭和五十五)年	六十九歳	一月　雑誌「詩学」一月号に小沢信男の書評「詩人への手紙—『定本菅原克己詩集』を読む—」が掲載される。二月　雑誌「新日本文学」二月号に玉井五一の書評「一時代の〝精神史〟的達成—『定本・菅原克己詩集』」が掲載される。四月　雑誌「詩学」四月号、長岡三夫がサークルPについての記述「「P」」を掲載。雑誌「新日本文学」四月号に書評「美しい清貧の書—川崎彰彦『竹藪詩集』」執筆。七月　雑誌「詩と思想」NO.9　座談会「列島と詩運動の未来」に関根弘、浜田知章、小海永二とともに参加。九月　雑誌「新日本文学」九月号に小説「鳩」執筆。(『遠い城』西田書店版に収録)十二月　雑誌「新日本文学」十二月号、「特集　中野重治」において、「中野重治の初期抒情詩」を執筆。	衆参両院同時選挙、自民党圧勝。イラン・イラク戦争。
一九八一(昭和五十六)年	七十歳	五月　『詩の鉛筆手帖』(土曜美術社)刊行。六月　公開講座「日本・文学・朝鮮　小林勝没後10年を考える」で六月二十七日(第三回)に「小林勝の人と芸術」開催。九月　雑誌「詩と思想」NO.14　座談会「特集　実作指導で詩は書けるか」に清水哲男、鈴木志郎康、阿部岩夫とともに参加。雑誌「新日本文学」九月号、文芸時評「ゴルフ場は自然公園か」で宇波彰が『詩の鉛筆手帖』について言及。「ことばの問題が、詩においてもっともはっきり現れることを再認識することができた。」と評価している。十月　第六詩集『夏の話』(土曜美術社)刊行。	北方領土の日(二月七日)決定。神戸ポートピア81。
一九八二(昭和五十七)年	七十一歳	二月　雑誌「新日本文学」二月号、黒田喜夫が書評「菅原克己の『夏の話』」を掲載。三月　雑誌「新日本文学」三月号、総特集、抵抗するポーランド文学に「ポーランドについて思うこと」を執筆。九月　雑誌「詩と思想」NO.18、「エッセイ・処女詩集のこ	ホテルニュージャパン火災。

年	年齢	事項	社会
		ろ」執筆。	
一九八三（昭和五十八）年	七十二歳	十月　雑誌「新日本文学」十月号、「特集　民衆的創造の拠点へ―文学学校の30年」に、「思いつくままに―日本文学学校と詩の三十年」執筆。十月八日　「文学学校30周年記念集会」において詩の朗読。	大韓航空機撃墜事件。
一九八四（昭和五十九）年	七十三歳	一月　雑誌「詩学」一月号に、「若き詩人への手紙」に「『朝の手紙』の詩人におくる」掲載。五月　雑誌「新日本文学」五月号、「特集―詩の再生のために」において、「詩の夢―文学学校とサークル詩人たち」を執筆。八月　第七詩集『日々の言づけ』（編集工房ノア）刊行。九月　雑誌「詩と思想」NO.27「黒田喜夫追悼」に執筆。十月　雑誌「詩学」十月号、「日録」に「「敬老の日」に」を執筆。中川一政について。	植村直己マッキンリー単独登頂後、行方不明。
一九八五（昭和六十）年	七十四歳	一月　雑誌「詩学」一月号〈連載小説〉「日の通い路―一九四五年の記録―①」を執筆。 二月　雑誌「詩学」二月号〈連載小説〉「日の通い路―一九四五年の記録―②」を執筆。 三月　雑誌「詩学」三月号〈連載小説〉「日の通い路―一九四五年の記録―③」を執筆。 （『遠い城』西田書店版に収録）	日航ジャンボ機墜落事故。 科学万博つくば85開幕
一九八六（昭和六十一）年	七十五歳	一月　雑誌「詩学」一月号、座談会「詩の話」。長谷川龍生、辻征夫、嵯峨信之との対談。	
一九八七（昭和六十二）年	七十六歳	一月　脳梗塞とパーキンソン病と診断される。二月　立川の相互病院に入院する。退院は三月。七月　北区の都立北療育医療センターに入院。詩誌「P」50号に達する。詩人福井桂子が、「単純な生活―Pとわたしと―」という文章のなかで、「「詩を書きつづけたまえよ」と、気弱になりがちの私をも静かな口調で励ましてくださった、菅原先生に出会うことがなかったなら、創作する者としては精神も肉体も脆弱すぎる私は、とても詩作を続けることができなかったのではないか、とおもう。」と書いている。十月　雑誌「詩学」十月号「詩人の顔―菅原克己」において、千田陽子が「口笛を吹きながら」を執筆。姪の千田が若き日の菅原克己を回想している。雑誌「新日本文学」十月号（通信版）に「《菅原克己さんと奥さんに感謝と激励のカンパ》報告」がある。呼びかけ人・山本良夫ほか十三人。賛同人・二三一人。等の記録がある。	国鉄分割、ＪＲグループ発足。
一九八八（昭和六十三）年	七十七歳	三月　三十一日午前十時四十九分、肺炎のため東十条の都立北療育医療センターにて逝去。	青函トンネル鉄道

年		事項	社会
		四月　第八詩集『一つの机』（西田書店）刊行。五月　雑誌「詩学」五月号、編集後記に菅原克己の死亡記事が掲載される。岡田幸文が執筆。雑誌「現代詩手帖」五月号、菅原克己追悼で長谷川龍生が「コロッケの自由」執筆。「菅原克己さんを偲ぶ集い」が五月一四日（土）法政大学69年館920教室にて開かれる。岩田宏、木島始、藤田省三が講演。六月　日本現代詩人会の「先達詩人」に選ばれる。雑誌「新日本文学」六月号（通信版）に鳥越ゆり子が、追悼「天使がまわる鈴―菅原克己さんのこと―」を執筆。また、巻末には「菅原さんを励ます会最終報告」（代表　山本良夫）が掲載されている。七月　雑誌「新日本文学」夏号において、「菅原克己追悼」。村松孝明、辻征夫、須藤出穂、木島始が執筆。雑誌「詩学」七月号において、「追悼　菅原克己」。岩田宏、阿部岩夫、辻征夫、高橋たか子、栗原澪子、小沢信男がそれぞれ述回している。追悼句会の様子も掲載されている。七月、雑誌『現代詩手帖』七月号、隔月時評7で安藤元雄が「織目の中で」において『一つの机』について触れている。八月　詩誌「P」53号にて、「追悼　菅原克己」が組まれている。多くの会員が菅原への想いを書いた。	開業。瀬戸大橋開通。
一九八九（平成元）年		四月　雑誌「詩と思想」、高橋たか子が「小熊秀雄と菅原克己」を執筆。四月二十二日「げんげ忌」第一回開催。調布市佐須町祇園寺。一三五名参加。七月　詩誌「P」55号の「あとがき」にて、山本政一が「げんげ忌」第一回のことについて少し触れている。	昭和天皇逝去。平成。
一九九〇（平成二）年		四月七日「げんげ忌」第二回開催。烏山の白崎謙太郎さん宅。八十名参加。六月　詩誌「P」57号にて、平川律が「げんげ忌」第二回の回想。	
一九九一（平成三）年		四月二十日「げんげ忌」第三回開催。東中野の新日本文学館。講演、辻征夫・針生一郎。参加者五十名。七月　詩誌「P」59号にて、「げんげ忌」での針生、辻の講演録を掲載。十一月十七日　納骨法要　谷中全生庵にて納骨法要。参加者二十名。十二月　雑誌「新日本文学」（通信版）十二月号「〈げんげ忌の会・通信〉故菅原克己の納骨のこと」掲載。げんげ忌の会・代表世話人。詩誌「P」60号（十二月発行）においても、「げんげ忌通信（1）（2）」としたコラムに全生庵に納骨した記事が載る。	バブル経済崩壊。
一九九二（平成四）年		四月四日「げんげ忌」第四回開催。講演、山田正弘・朝倉安都子。谷中の全生庵で行われる。以後「げんげ忌」は全生庵で継続。参加者六十七名。九月　雑誌「新日本文	国連平和維持活動（PKO）法成立。

		学」（通信版）九月号、坂圭介が「高橋たか子と菅原克己」を執筆。	
一九九三（平成五）年		二月　雑誌「詩学」二月号、栗原澪子が「〈もうすこしいいことを〉」執筆。「私は思ってみる。菅原さんが最後に自分のなかにかくしたもの、それは、やはり若い日の記憶だったのではないか、と。」と書いている。四月十日「げんげ忌」第五回開催。講演、小沢信男。「げんげ忌世話人会」が母体となる 参加者八十二名。八月　詩誌「P」63号において、「〈げんげ忌第五回〉あらまし」を掲載。九月『遠い城』増補版が西田書店より刊行される。	
一九九四（平成六）年		四月二日「げんげ忌」第六回開催。講演、阿部岩夫、樫村修。アーサー・ビナード初参加。参加者八十六名。八月　詩誌「P」65号においてアーサー・ビナード「げんげ忌の恩返し」を掲載。十月　十月十一日から二十日にかけて、小柳玲子のアトリエ夢人館にて「菅原克己詩画展」が開催される。十二月　雑誌「新日本文学」十二月号、辻征夫の「げんげの花とソルジェニーツィン」が掲載される。菅原の詩から、関根弘の追悼を書いている。（初出誌は、季刊詩誌「星期日〈にちようび〉」）	大江健三郎ノーベル文学賞受賞
一九九五（平成七）年		二月『暮らしのなかで　詩と…』朝倉安都子（私家版）発行。四月一日「げんげ忌」第七回開催。講演、清水哲男。参加者八十四名。六月　雑誌「日本未来派」１９１号、〈本になった宝石〉でよしかわつねこが「『故園』と『日の底』と」を執筆。詩集『日の底』を「三十六年も経って味わっても、味のある詩集なのだ」と書いている。九月　詩誌「P」66号において、青山晴江が、げんげ忌の報告「第七回げんげ忌より」掲載。	阪神・淡路大震災。東京地下鉄サリン事件。
一九九六（平成八）年		三月　雑誌「新日本文学」三月号、創立50周年　作家論・詩人論で、比嘉辰夫が「詩人のもう一つの顔―菅原克己・覚え書き―」を執筆。四月六日「げんげ忌」第八回開催。講演、宮内勝典、アーサー・ビナード。参加者九十三名。九月　詩誌「P」67号において、宮内喜美子が、「げんげ忌報告」掲載。また、同号において、宮内勝典が、菅原克己との思い出を書いた「詩人の家・詩人の墓」（「文學界」96年6月号より転載）が載る。	ポケットモンスター、たまごっち等のゲームが発売。
一九九七（平成九）年		四月五日「げんげ忌」第九回開催。講演、辻征夫。参加者九十五名。「げんげ忌」でアーサー・ビナード・木坂結婚発表。九月　雑誌「新日本文学」九月号、列島通信に「げんげ忌」の報告文掲載。詩誌「P」69号において、平田典子が、げんげ忌の報告「げんげ通信	神戸連続児童殺傷事件。

年		事項	社会
		—第9回忌—」掲載。	
一九九八(平成十)年		四月四日「げんげ忌」第十回開催。講演、木島始。高田渡が「ブラザー軒」を歌う。参加者百十二名。五月　雑誌「詩学」五月号、詩の朝市で、佐藤正子が菅原の詩「自分の仕事」を紹介。雑誌「新日本文学」五月号、水野晴良のエッセイ「浅草と菅原さん」掲載。十二月　雑誌「詩学」十二月号、喩法賛・叙法賛で、松島雅子が「詩のうしろ姿」で菅原の詩「大寒の日に」を紹介。詩誌「P」71号において、福井桂子が、げんげ忌の報告「げんげ通信—第十回忌報告」掲載。	長野オリンピック。
一九九九(平成十一)年		四月三日「げんげ忌」第十一回。講演、岩田宏。参加者百名。六月　雑誌「新日本文学」六月号、「ぶんがくしんぶん」欄ネットワーク・ニュースで「げんげ忌」の報告文掲載。(岩田宏の「キリストは生きていた」という話。)八月　詩誌「P」72号において、小林このみが、げんげ忌の報告「げんげ通信—十一回忌報告」掲載。	情報公開法・ガイドライン関連法成立。
二〇〇〇(平成十二)年		四月一日「げんげ忌」第十二回。講演、塩見鮮一郎。参加者八十二名。九月　姉の、詩人高橋たか子死去。	九州・沖縄サミット。
二〇〇一(平成十三)年		二月　詩誌「P」74号において、福井桂子が、げんげ忌の報告「げんげ通信〜十二回忌報告〜」掲載。四月七日「げんげ忌」第十三回。講演、石垣りん。参加者一〇三名。九月二十三日　菅原家火事で全焼。菅原克己の妻、菅原ミツさん死去。	小泉純一郎内閣成立。
二〇〇二(平成十四)年		三月　詩誌「P」75号において、小林このみが、げんげ忌の報告「げんげ通信〜十三回忌より〜」掲載。四月六日「げんげ忌」第十四回。菅原ミツさんの追悼。講演、杉本カヅ、小出真理他。参加者九十五名。	初の日韓首脳会談。拉致被害者五人帰国。
二〇〇三(平成十五)年		三月『菅原克己全詩集』(西田書店)刊行される。詩誌「P」76号において、福井桂子が、げんげ忌の報告「げんげ通信〜十四回忌報告〜」掲載。四月五日「げんげ忌」第十五回。『菅原克己全詩集』刊行にちなんで。高田渡、「ブラザー軒」歌う。参加者七九名。	有事関連三法成立。イラク復興支援特別措置法成立。
二〇〇四(平成十六)年		三月　詩誌「P」77号において、野上龍彦が、げんげ忌の報告「げんげ通信〜十五回忌報告〜」掲載。四月三日「げんげ忌」第十六回。講演、八木忠栄。参加者九十七名。七月　雑誌「新日本文学」七・八合併号で、小沢信男が「灰のなかの不死鳥たち—本誌掲載原稿流出事件顚末記—」を掲載。菅原家の火事の件に触れている。	陸上自衛隊イラク派遣。

二〇〇五（平成十七）年		三月『陽気な引っ越し　菅原克己のちいさな詩集』（西田書店）刊行される。四月二日「げんげ忌」第十七回。講演、御庄博美、日高徳迪。参加者八十一名。漫画『夜のもひとつ向こうに　菅原克己の風景』（私家版）発行。内田かずひろ、保光敏将、山川直人。五月　詩誌「P」78号において、寺島博之が、げんげ忌の報告「げんげ通信〜十六回忌報告〜」掲載。七月　小沢信男『通り過ぎた人々』（みすず書房）で「菅原克己」を掲載。	JR西日本福知山線尼崎事故。
二〇〇六（平成十八）年		二月一日〜二十五日「げんげの詩人展」が宮城県塩釜市生涯学習センター「ふれあいエスプ塩釜」で開催。主催はポエトリーカレッジ塩釜（庄司文雄　世話人）。展示のほか、友部正人のライブ、木坂涼の講演会もおこなった。二月　アーサー・ビナード、「エリオットと菅原とビュビュ・ド・モンパルナス」『出世ミミズ』（集英社文庫）に所収。三月　詩誌「P」79号において、朝倉安都子が、げんげ忌の報告「げんげ通信〜十七回忌報告〜」掲載。四月一日「げんげ忌」第十八回。「げんげ通信」発行まで。参加者八十六名。「げんげ通信」創刊号発行。	教育基本法改正。
二〇〇七（平成十九）年		三月　詩誌「P」80号において、寺島博之が、げんげ忌の報告「げんげ通信〜十八回忌報告〜」掲載。四月七日「げんげ忌」第十九回。愛知哲さん弾き語り、他朗読。参加者九十三名。「げんげ通信」第2号発行。漫画『朝の挨拶　菅原克己の風景』（私家版）発行。内田かずひろ、保光敏将、山川直人。九月　詩人、福井桂子死去。十二月　姪で詩人の、千田陽子死去。十月『『日の底』ノート他』栗原澪子、（七月堂）発行。十二月『日本の名詩、英語でおどる』アーサー・ビナード、（みすず書房）で、詩「小さなともの り」掲載。	郵政民営化。
二〇〇八（平成二十）年		三月　詩誌「P」81号において、寺島博之が、げんげ忌の報告「げんげ通信〜十九回忌報告〜」掲載。四月五日「げんげ忌」第二十回開催。全生庵住職講和。講演、アーサー・ビナード。参加者九十名。「げんげ通信」第3号発行。六月三日〜一三日　展覧会「硝子暖簾をくぐると…〜菅原さんと渡さんと僕ら」下北沢のギャラリー無寸草とづつ、において開催。	リーマンショック。iPhone、日本で発売。
二〇〇九（平成二十一）年		三月　詩誌「P」82号において、寺島博之が、げんげ忌の報告「げんげ通信〜二十回忌報告〜」掲載。三月二〇日『菅原克己　調布　詩の風景』（私家版）発行。鈴木芳子、	三党連立の鳩山由紀夫内閣成立。

年		事項	社会
		村守黎子、庄司房子。四月四日「げんげ忌」第二十一回開催。講演、石川逸子。参加者一〇四名。「げんげ通信」第4号発行。漫画『昼と夜と空の継ぎ目　菅原克己の風景』（私家版）発行。内田かずひろ、保光敏将、山川直人。十一月一日～十二月十日　展示会「佐須の住み人　菅原克己とその周辺」調布市立図書館。	
二〇一〇（平成二十二）年		三月　詩誌「P」83号において、寺島博之が、げんげ忌の報告「げんげ通信～二十一回忌報告～」掲載。四月三日「げんげ忌」第二十二回開催。講演、鎌田慧。参加者一〇三名。「げんげ通信」第5号発行。	尖閣諸島沖での中国漁船衝突事件。
二〇一一（平成二十三）年		三月　詩誌「P」84号において、青山晴江が、げんげ忌の報告「げんげ通信～二十二回忌報告～」掲載。四月「げんげ忌」第二十三回を企画していたが、東北大震災のため中止。「げんげ通信」第6号発行。	東日本大震災。
二〇一二（平成二十四）年		三月三十一日「げんげ忌」第二十四回開催。講演、栗原澪子、荻原魚雷。参加者八十名。「げんげ通信」第7号発行。七月「菅原克己絵はがき」（西田書店　限定復刻）	
二〇一三（平成二十五）年		二月　古屋久昭「詩人、菅原克己さんとの思い出とその周辺」（「イマジネーション」10号）掲載。三月　詩誌「P」86号において、朝倉安都子が、「げんげ忌（第二十四回）の思い出」掲載。四月六日「げんげ忌」第二十五回開催。講演、野呂重雄。歌、高田蓮。参加者八十九名。「げんげ通信」第8号発行。十二月　小沢信男『捨身なひと』（晶文社）で「死者と生者と・菅原克己」掲載。金井雄二「私の好きな詩人　第85回―菅原克己」ウエブサイト〈詩客〉	
二〇一四（平成二十六）年		三月　詩誌「P」87号において、青山晴江が、「げんげ忌（第25回）に参加して」掲載。四月五日「げんげ忌」第二十六回開催。講演、正津勉。参加者八十一名。「げんげ通信」第9号発行。七月「調布遺産・21世紀に語り継ぎたい～ライブ菅原克己　詩の世界～」調布・柴崎のウェアハウスガーデンにて。（調布の地域テレビの中継する催しもの）	集団的自衛権閣議決定。
二〇一五（平成二十七）年		一月　山口昌男『エノケンと菊谷栄　昭和精神史の匿れた水脈』（晶文社）で「詩人菅原克己の証言」掲載。三月　詩誌「P」88号において、青山晴江が、「げんげ忌（第26回）に参加して」掲載。四月四日「げんげ忌」第二十七回開催。講演、池内紀。参加者九十三名。「げんげ通信」第10号発行。十月　吉上恭太『ときには積ん読の日々』（ト	改正公職選挙法成立。選挙権年齢十八歳以上に引き下げ。

		マソン社）で菅原克己にまつわるエッセイ掲載。	
二〇一六（平成二十八）年		三月　詩誌「P」89号において、冨田真帆が、「げんげ忌報告〜第27回の春の日」掲載。 四月二日　「げんげ忌」第二十八回開催。対談、白崎謙太郎×小沢信男。参加者八十名。 「げんげ通信」第11号発行。漫画『日常の椅子　菅原克己の風景』山川直人（ビレッジプレス）発行。	マイナンバー制度運用開始
二〇一七（平成二十九）年		四月一日　「げんげ忌」第二十九回開催。講演、金井雄二。参加者七十三名。「げんげ通信」第12号発行。詩誌「P」90号において、平田典子が、「げんげ忌報告―閑話休題編―」（28回の報告）掲載。五月五日　漫画『わすれもの　サイコロ006』山川直人編（私家版）菅原克己の詩「島」所収。	
二〇一八（平成三十）年		三月　詩誌「P」91号において、立川健一が、「第二十九回「げんげ忌」」掲載。三月三十一日　「げんげ忌」第三十回開催。講演松山巌。参加者七十三名。「げんげ通信」第13号発行。九月　漫画『ハモニカ文庫と詩の漫画』山川直人（ちくま文庫）菅原克己の「〈贋金つくり〉について」を原作に描いている。十月　詩誌「P」92号において、田中伊津が、「初めての　げんげ忌」第30回の感想掲載。十二月　雑誌「詩人会議」に芝原靖が評論「ブラザー軒に還る―菅原克己パッチワーク」を執筆。	
二〇一九（平成三十一／令和元）年		四月六日　「げんげ忌」第三十一回開催。講演、山川直人。参加者七十名。「げんげ通信」第14号発行。佐久間順平CD「美しい夏」発行。九月　詩誌「P」94号において、坂牧悦子・石井暁子が、「第三〇回げんげ忌で話したこと」掲載。十月　雑誌「ぴーぐる」45号特集「いま、菅原克己を読み返す」十二月　雑誌「詩と思想」十二月号、「風の広場」欄にて青山晴江が「こころにともす」で菅原克己のことを掲載。	明仁天皇退位し上皇に。徳仁天皇即位。令和に改元。
二〇二〇（令和二）年		三月　詩誌「P」95号において、小林このみが、「先生のお言葉を思い出しつつ　第三十一回げんげ忌にて」掲載。新型コロナウイルスのため「げんげ忌」中止。講演者に、白石明彦を予定していた。「げんげ通信」第15号発行。七月　雑誌「詩と思想」七月号、「名詩集発掘」欄にて芝原靖が「日常という基点」で菅原克己の『日の底』を紹介。九月　詩誌「P」96号の特別寄稿で、小沢信男が、「『遠い城』を眺めて」、古谷鏡子が「菅原克己さんと出会う」、金井雄二が「菅原克己の生きた時代」掲載。	新型コロナウイルスCOVID-19感染拡大。

年		事項	社会
二〇二一（令和三）年		三月三日　長らく「げんげ忌」を支えてきた小沢信男死去。三月　詩誌「P」97号、古谷鏡子が「菅原克己さんと出会う（承前）」、金井雄二が「第三詩集『陽の扉』を再読する」掲載。新型コロナウイルスのため「げんげ忌」中止。「げんげ通信」第16号発行。昨年講演予定だった白石明彦の「詩人とはどういう人のことでしょう」を掲載。四月「現代詩手帖」クリティーク欄に、金井雄二が「詩の核となるもの　菅原克己の詩集を読み返す（上）・詩集『手』」を掲載。五月「現代詩手帖」クリティーク欄に、金井雄二が「明るさを求めた詩　菅原克己の詩集を読み返す（下）・詩集『日の底』」を掲載。九月　詩誌「P」98号、金井雄二が「一日一篇の詩　菅原克己の詩を読み返す　詩集『日々の言づけ』」掲載。	東京２０２０オリンピック・パラリンピック。
二〇二二（令和四）年		一月『わたしたちのたいせつなあの島へ—菅原克己からの宿題—』宮内喜美子（七月堂）発行。三月　詩誌「P」99号、創刊号で菅原が参加をよびかけた「サークルP参加のよびかけ」再掲載。四月二日「げんげ忌」第三十二回開催。講演、アーサー・ビナード。参加者六十八名。	ロシア、ウクライナ侵攻。
二〇二三（令和五）年		三月　詩誌「P」１００号達成。アンケート「菅原克己の好きな詩、三つ!」。特別寄稿で、三木卓、石川逸子、宮内勝典、栗原澪子、松原立子が寄稿。また、宮内喜美子が「菅原克己の雑司ヶ谷」を掲載。四月一日「げんげ忌」第三十三回開催。講演、アーサー・ビナード。参加者七十八名。新生「げんげ忌」世話人会発足。「げんげ通信」第17号発行、「第32回げんげ忌と「げんげ通信」17号の報告」	

初出誌一覧

川原の土手で――菅原克己さんへ　「59」第20号　二〇二〇年三月

『菅原克己詩集』との出合い　「横浜詩人会通信」２３０号　一九九九年三月
「詩客　SHIKAKU」（インターネット内サイト）「私の好きな詩人」
第85回――菅原克己――　二〇一二年十二月
両発表稿より再構成し改稿

生きた時代と詩の理想　「59」第19号「菅原克己と「詩人」」二〇一九年十一月
「P」96号「菅原克己の生きた時代」二〇二〇年九月より再構成し改稿

室生犀星の影響　「びーぐる　詩の海へ」第45号「菅原克己と室生犀星」　二〇一九年十月

姉、高橋たか子の存在　「59」第20号　二〇二〇年三月

師、中村恭二郎　「独合点」第１３７・１３８号　二〇一九年九月、二〇二〇年三月

菅原克己と千田陽子　「独合点」第１３９・１４０号　二〇二〇年四月、二〇二〇年六月

『死の灰詩集』論争で得たもの　「59」第22号　二〇二〇年十一月

サークル詩との関わり　「独合点」第１４１号　二〇二〇年十一月

初出誌一覧

日本文学学校と「サークルＰ」での菅原克己　「タンブルウィード」10号　二〇二一年八月

詩の核となるもの・『手』　「現代詩手帖」二〇二一年四月

明るさを求めた詩・『日の底』　「現代詩手帖」二〇二一年五月

再確認の詩集・『陽の扉』　「Ｐ」97号　二〇二一年三月

詩とは何か・『遠くと近くで』　「独合点」第１４２・１４３号　二〇二一年三月、二〇二一年四月

小さいことを書く・『叔父さんの魔法』　「独合点」第１４４号　二〇二一年六月

わかりやすく書く必要性・『夏の話』　「独合点」第１４５号　二〇二一年八月

一日一篇の詩・『日々の言づけ』　「Ｐ」98号　二〇二一年九月

生きている詩を書く・『一つの机』　「space」１５８号　二〇二一年六月

親友、そして詩　「独合点」第１４６号　二〇二一年九月

＊初出より加筆修正、および改稿をおこなった。

参考資料等一覧

＊引用したもの、示唆をうけたものを中心に参考資料として列記する。この他にも、菅原克己が残した膨大な資料を検索し読んだことを付け加えておく。特に、国立国会図書館のデジタル化資料送信サービス、および神奈川近代文学館等を利用した。

菅原克己著作

単行詩集

『手』　木馬社　一九五一年
『日の底』　飯塚書店　一九五八年
『陽の扉』　東京出版センター　一九六六年
『遠くと近くで』　東京出版センター　一九六九年
『叔父さんの魔法』　朔人社　一九七五年
『夏の話』　土曜美術社　一九八一年
『日々の言づけ』　編集工房ノア　一九八四年
『一つの机』　西田書店　一九八八年

選・全詩集

『菅原克己詩集』（現代詩文庫　49）　思潮社　一九七二年
『定本菅原克己詩集』　永井出版企画　一九七九年
『菅原克己全詩集』　西田書店　二〇〇三年
『陽気な引っ越し』　西田書店　二〇〇五年

散文集

『遠い城　ある時代と人の思い出のために』　創樹社　一九七七年
『遠い城　ある時代と人の思い出のために』　西田書店　一九九三年
『詩の鉛筆手帖　詩の好きな若い人たちに』　土曜美術社　一九八一年

編著・編
『現代詩用語辞典』飯塚書店　一九五六年
『詩の辞典』　飯塚書店　一九六四年
『世界反戦詩集』太平出版　一九七〇年　木島始、長谷川四郎、菅原克己編

＊

単行本（書名順）
『朝の挨拶　菅原克己の風景』内田かずひろ、保光敏将、山川直人　二〇〇七年　くりえい社
『鮎川信夫全集』第四巻　思潮社　二〇〇一年
『女たちの名詩集』　新川和江編　　思潮社刊　一九九二年
『萱の家』　千田陽子　詩学社　一九九〇年
『かんたんな混沌』　辻征夫　思潮社　一九九一年
『暮らしのなかで　詩と…』　朝倉安都子　私家版　一九九五年
『現代詩大事典』　大塚常樹他編集、三省堂　二〇〇八年
『現代詩との出合い』　鮎川信夫他　思潮社　二〇〇六年
『現代文学論争』　小谷野敦　筑摩書房　二〇一〇年
『小林勝作品集』第三巻　白川書院　一九七五年
『差別用語の基礎知識'99』　高木正幸　土曜美術社出版販売、一九九九年
『差別用語を見直す』　江上茂　花伝社、二〇〇七年
『詩をよむ若き人々のために』　C・D・ルーイス　深瀬基寛訳　筑摩書房　一九七一年
『詩の教室』　木原孝一他　飯塚書店　一九七八年
『死の灰詩集』　現代詩人会　一九五四年
『出世ミミズ』アーサー・ビナード　二〇〇六年　集英社文庫

『昭和詩史』大岡信　思潮社　二〇〇五年
『昭和詩史の試み』　羽生康二　思想の科学社　二〇〇八年
『白鳥省吾先生覚書』高橋たか子　仙台文学の会　一九八七年
『「新日本文学」の60年』　鎌田慧編　七つ森書館　二〇〇五年
『菅原克己　調布　詩の風景』鈴木芳子、村守黎子、庄司房子、制作　二〇〇九年
『捨身なひと』小沢信男　晶文社　二〇一三年
『戦後サークル詩論』　中村不二夫　土曜美術社出版販売　二〇一四年
『戦後短篇小説再発見⑦』（小林勝「フォード・一九二七年」）講談社文芸文庫　二〇〇一年
『続・詩人のポケット』　小笠原眞　ふらんす堂　二〇二〇年
『第五福竜丸　ビキニ事件を現代に問う』（岩波ブックレット）　川崎昭一郎　岩波書店　二〇〇四年
『第五福竜丸――その真相と現在』　広田重道　白石書店　一九七七年
『定本　愛の詩集』　室生犀星　豊島書房　一九六六年
『通り過ぎた人々』　小沢信男　みすず書房　二〇〇七年
『日常の椅子　菅原克己の風景』山川直人　二〇一六年　ビレッジプレス
『日本共産党の六十年　上・下　付党史年表』　3冊本　新日本出版社　一九八三年
『日本詩人全集』34巻「昭和詩集二」　新潮社　一九六九年
『日本史年表・地図2019』　吉川弘文館　二〇一九年
『日本の現代詩101』高橋順子編著　新書館、二〇〇七年
『日本の名詩、英語でおどる』　アーサー・ビナード　みすず書房　二〇〇七年
『日本名詩選3』（昭和戦後篇）　西原大輔　笠間書院、二〇一五年
『廃墟の詩学』　中村不二夫　土曜美術社　二〇一四
『反差別論ノート』　八木晃介　批評社　一九八七年
『反差別論ノート・続』　八木晃介　批評社　一九八七年
『『日の底』ノート他』　栗原澪子　七月堂　二〇〇七年

参考資料等一覧

『ビュビュ・ド・モンパルナス』 フィリップ 淀野隆三訳 岩波文庫 一九七六年
『昼と夜と空のつぎ目 菅原克己の風景』 内田かずひろ、保光敏将、山川直人 二〇〇五年 くりえい社
『民衆詩派ルネッサンス』 苗村吉昭 土曜美術社出版販売 二〇一五年
『室生犀星詩集』岩波文庫 一九八二年
『約束のむこうに』千田陽子 詩学社 一九七一年
『夜のもひとつ向うに 菅原克己の風景』 内田かずひろ、保光敏将、山川直人 二〇〇五年
『列島詩人集』 木島始編 土曜美術社出版販売 一九九七年
『ロビンソン、この詩はなに？』 辻征夫 書肆山田 一九八八年
『わたしたちのたいせつなあの島へ――菅原克己からの宿題』 宮内喜美子 七月堂 二〇二二年

＊

雑誌（誌名・年代順・菅原克己著は省略）

「イマジネーション」第10号 二〇一三年二月「詩人、菅原克己さんとの思い出とその周辺」古屋久昭
「大分県詩人協会・会報」No.129 二〇一〇年七月「菅原克己先生の事」 靏見忠良
「暮しの手帖」 二〇二〇年八――九月号 「特集 いまこの詩を口ずさむ」
「げんげ通信」 創刊号～no17 二〇〇六年一月～二〇二三年四月
「現代詩」 一九五五年七月号 「政治屋の手口――鮎川信夫の論文を読んで――」
「現代詩手帖」 一九七六年九月号 「一冊の詩集 忘れられた民衆詩人」
「現代詩手帖」 一九八八年五月号 「コロッケの自由」 長谷川龍生
「現代詩手帖」 一九八八年七月号 「隔月時評7 織目の中で」 安藤元雄
「詩学」 一九五五年四月号 「戦争・平和・詩」 スティーヴン・スペンダー（堀越秀夫訳）
「詩学」 一九八〇年二月号 「詩人への手紙（定本菅原克己詩集を読む）」 小沢信男
「詩学」 一九八六年一月号 「座談会 詩の話」 菅原克己・長谷川龍生・辻征夫・嵯峨信之

「詩学」一九八七年十月号「詩人の顔——菅原克己　口笛を吹きながら」千田陽子
「詩学」一九八八年七月号　「追悼　菅原克己」岩田宏他
「詩人会議」二〇一八年十二月号「ブラザー軒に還る——菅原克己パッチワーク」芝原靖
「詩と思想」二〇一八年九月号「特集「「野火」とサークル詩」
「詩と思想」二〇一九年十二月号「こころにともす」青山晴江
「新日本文学」二〇二〇年七月号「名詩集発掘　菅原克己詩集『日の底』」芝原靖
「新日本文学」一九六〇年二月号「変貌する労働者の詩」
「新日本文学」一九六一年十一月号「労働者詩人の現実と表現」
「新日本文学」一九七七年十月号「思いつくままに——日本文学学校に関して」
「新日本文学」一九七八年十月号「詩人よ君を譬ふれば……——日本文学学校二五年の詩人たち」
「新日本文学」一九七九年四月号「状況の詩——労働者の詩」
「新日本文学」一九八三年七月号「文学学校は会の宝である」中島堅二郎
「新日本文学」一九八三年十月号「思いつくままに——日本文学学校と詩の三十年」
「新日本文学」一九八四年五月号「詩の夢——文学学校とサークルの詩人たち」
「新日本文学」一九九六年三月号「詩人のもう一つの顔——菅原克己・覚え書き——」比嘉辰夫
「P」創刊号～一〇〇号　一九六五年～二〇二三年
「びーぐる　詩の海へ」第45号　二〇一九年十月「特集・いま菅原克己を読み返す」小沢信男他
「文学の友」一九五四年十一月号「特集、水爆をゆるすな」

菅原克己（すがわら・かつみ）
詩人。1911年宮城県亘理町生まれ。私立日本美術学校中退。非合法時代の共産党に加わり、「赤旗」のプリンターとして検挙される。詩誌「列島」に参加。日本文学学校の講師を務めながら、サークル「P」を主宰。戦前、戦中、戦後と一貫して、自分の生活や労働者に対する励まし、弱者への心温まる詩を書き続けた。どの詩にも普遍的な優しさ、優しさの中の強さ、根源的な人間の生の感情が行き渡っている。詩集に『手』（1951年、木馬社）、『日の底』（1958年、飯塚書店）の他全部で8冊の詩集を刊行。全詩集は『菅原克己全詩集』（2003年、西田書店）、選詩集には思潮社の現代詩文庫『菅原克己詩集』（1972年）、散文集には『遠い城』（1993年、西田書店）、『詩の鉛筆手帖』（1981年、土曜美術社）などがある。1988年、77歳で死去。

金井雄二（かない・ゆうじ）
1959年、神奈川県相模原市生まれ。
既刊詩集に『むかしぼくはきみに長い手紙を書いた』（2020年　思潮社）他、6冊の詩集がある。
散文集、『短編小説をひらく喜び』（2019年　港の人）を刊行、現在、個人詩誌「独合点」発行中。

現住所　〒252-0325　神奈川県相模原市南区新磯野4-6-3-205

協力者－聞き取り・アドバイス等
小沢信男氏（詩人・作家・故人）
栗原澪子氏（詩人）
青山晴江氏（詩人）

＊

協力機関
国立国会図書館
神奈川県立神奈川近代文学館
神奈川県立図書館
相模原市立相模大野図書館
座間市立図書館
亘理町立図書館

げんげの花の詩人、菅原克己

2023年10月15日　第1刷発行

著　者	金井雄二
発行者	田島安江（水の家ブックス）
発行所	株式会社 書肆侃侃房（しょしかんかんぼう）
〒810-0041
福岡市中央区大名2-8-18-501
TEL 092-735-2802　FAX 092-735-2792
http://www.kankanbou.com
info@kankanbou.com

編　集	田島安江
装　幀	acer
DTP	BEING
印刷・製本	亜細亜印刷株式会社

ISBN978-4-86385-598-4 C0095